雨上がりのスカイツリー

ameagari no skytree

高森千穂 作　丹地陽子 絵

もくじ

ameagari no skytree

1. プルクラショーハウス

ラップを敷《し》いたおにぎりメーカーにごはんを入れる。そこにシャケのほぐし身をのせ、その上にごはんをのせ、ラップで形をととのえる。

のりでくるっとつつめば、おにぎりの完成だ。

おにぎりの具は、おとうさんの好きなシャケのほぐし身ときまっている。

「菜々実《ななみ》のにぎるおにぎりは世界一だな。おにぎりを食べると、ショーがうまくいくんだよ」

おとうさんはいつもそういってくれる。

須崎《すざき》菜々実のおとうさんはモノマネ芸人だ。

「プルクラショーハウス」というショーパブで働いている。ショーパブというのは、食事をしながらショーを見るレストランだ。

マジックとかパントマイムとかをする芸人さんたちといっしょに、演歌歌手《えんかかしゅ》「松波譲二《まつなみじょうじ》」のモノマネをしている。

おとうさんにお弁当を作るってきめて、今日でちょうど一年。やりとおしたわたし、えらい！

ランチバッグにおにぎりを入れながら、菜々実は自分をほめた。

モノマネ芸人をやりながら、コンビニで働いている。そんなおとうさんを応援《おうえん》したくて、菜々実は週に二日、おとうさんのお弁当と自分用の夕食を作ることにした。

昼も夜もショーに出演《しゅつえん》する月曜日と水曜日だ。

五年生になる春休みにきめてから一年間、挫折《ざせつ》しなかった。

おとうさんのよろこぶ顔を見ると、作ってよかったなって思う。

週に二回のことだものね。

菜々実はおとうさんが大好きだ。

やさしいし、イケメンだし、芸人っていう、人を楽しませる仕事をしている。料理も上手《じょうず》で、オムライスは絶品《ぜっぴん》だ。

大学生のときに居酒屋《いざかや》のアルバイトをして、調理師免許《ちょうりしめんきょ》をとった腕前《うでまえ》でもある。

あ、もう四時半だ。いそがなきゃ。

あわてて部屋をとびだした。

菜々実とおとうさんが暮《く》らしている「プチメゾンさくら」は、一階と二階が大家の山岡《やまおか》さん夫婦《ふうふ》の家で、菜々実たちは、三階の六畳《ろくじょう》二間《ふたま》のひと部屋を借りている。

外階段《そとかいだん》をかけ下りると、スカイツリーを見上げた。

古くて小さな家やアパートや、新しいマンションが建ちならぶ街並《まちな》みの間に、どーんとスカイツリーが建っている。

くるっと向きをかえると菜々実は、スカイツリーと反対方向に走りはじめた。

向島《むこうじま》の「プチメゾンさくら」から浅草駅《あさくさえき》近くの「プルクラショーハウス」まで

は、走れば十分ちょっとだ。

隅田川《すみだがわ》にかかる言問橋《ことといばし》を走ってわたる。

「桜《さくら》が満開だ」

河川敷《かせんじき》の遊歩道の桜が、花びらを散らしていた。

たくさんの人が行き交う遊歩道は、海外からの観光客も多い。スマホで桜の写真を撮《と》っている。

言問橋をわたり、墨田公園《すみだこうえん》の横を走りぬけた。ここはさらに観光客であふれている。桜とスカイツリーをセットに、ばえる写真が撮れるからだ。

プルクラショーハウスは、雑居《ざっきょ》ビル「南条《なんじょう》ビル」の五階にある。らせん状《じょう》の非常階段《ひじょうかいだん》をかけ上がった。エレベータもあるけれど、菜々実はいつも、外階段をつかう。一階ずつ上がるたびに、まわりの景色が広がり、ビルの間にかくれていたスカイツリーが見えてくる。

五階の外階段の踊《おど》り場《ば》で、マドカリンさんが紙カップのコーヒーを飲んでいた。

「こんにちは、マドカリンさん」

菜々実はあいさつをした。

「マドカリン」は芸名だ。本名は知らない。

アイドルグループ「猫耳倶楽部《ねこみみくらぶ》」のセンター・峰山円香《みねやままどか》のモノマネで、人気のある芸人だ。

本家の峰山円香は十七歳《さい》だけれど、マドカリンさんは二十歳は絶対越《ぜったいこ》えている。

それでもきれいでかわいくて、ちょっと舌足《したた》らずなところとか、大きな目をパチパチさせながら歌うところとかそっくりだ。

「マツジョーさんは控室《ひかえしつ》よ」

「マツジョー」は、おとうさんの芸名だ。

非常扉《ひじょうとびら》の向こうから、おとうさんの歌声がきこえる。

♪　あなたにきかせたい　わたしの想《おも》い　あああ　今はまだ届《とど》かない

松波譲二の歌だ。

おとうさんは演歌歌手《えんかかしゅ》、松波譲二の、若《わか》いころのモノマネをしている芸人だ。本家の松波譲二は、もう五十歳《さい》を越《こ》えたおじさんで、おとうさんはアイドル時代をまねているのだ。

おとうさんも三十七歳だから、だいぶ若作《わかづく》りをしていることになるけど、けっこうイケメンだから、声だけでなく、顔の感じも似《に》ているらしい。

非常扉《ひじょうとびら》を開けると、ゲンさんとぶつかりそうになった。ゲンさんは、お客さんの案内係のおじいさんだ。

「菜々実ちゃん、おはようさん」

ゲンさんは朝でも昼でも夜でも「おはよう」とあいさつをする。

「マツジョーさんにお弁当を届《とど》けにきたんだね、いつもえらいね」

そういうと、カンロ飴《あめ》のつつみを三つ、さしだした。ゲンさんは、会うといつでも飴玉《あめだま》をくれる。

「ありがとう」

菜々実は非常扉を入るとすぐ横の、控室《ひかえしつ》のドアをそっと開けた。

白いスーツ姿《すがた》のおとうさんが、鏡の前で、スイッチの入っていないマイクを持って歌っている。松波譲二は、若いころも今も、白いスーツを着て歌う。

サビをすぎたところで、おとうさんはぱたっと歌をやめた。

「おお、わがいとしの娘《むすめ》よ！」

大げさに両腕《りょううで》を広げて、いつものように松波譲二のリアクションをまねた。

菜々実は「はい、お弁当」と、おとうさんにランチバッグをわたす。

「これで今日のショーもうまくいくよ、ありがとな」

マツジョーの顔から、おとうさんの顔にもどっている。

控室の奥《おく》のほうでは、サブローさんとゲイツさんが出演《しゅつえん》前の準備《じゅんび》をしている。菜々実とも顔なじみなので、「よう」と声をかけてくれた。

サブローさんは、野球のユニホームを着て、大きな鏡の前で素振《すぶ》りのようなしぐさをしている。

メジャーリーグの鈴木《すずき》三郎《さぶろう》選手にそっくりに見える。

ゲイツさんは黒い大きなシルクハットをかぶり、黒い手袋《てぶくろ》姿《すがた》だ。いかにもあやしげなマジシャンって感じがする。

「じゃあ、おとうさん、ショーが終わったら、早く帰ってきてね」

「もちろん。菜々実が寝《ね》る前までに、飛んで帰るよ」

おとうさんは、いつもどおり約束してくれた。

2. はじめてのショト

新学期がはじまった。

「菜々実《ななみ》ちゃん、今日、うちにあそびにこない？」

昼休みに、菊池美咲《きくちみさき》がさそってきた。

六年生に進級のときにクラス替《が》えはなかったから、親友の美咲とは五年生から同じクラスのままだ。

「うん、行く行く」

おとうさんとふたり暮《ぐ》らしの菜々実と、両親が共働きの美咲は、放課後、どちらかの家ですごすことが多い。

美咲は私立中学進学組だ。菜々実は公立組だからべつべつの中学になる。あと一年、できるかぎりふたりでいっしょにあそんでいたい。

「パパが出張《しゅっちょう》で買ってきてくれたホワイトチョコがあるんだよ。おやつに食べよう」

美咲がにこっとほほえんだ。美咲はおとなしくて、おっとりとしていて、お姫《ひめ》さまみたいな子だ。菜々実と性格《せいかく》は似《に》ていないけれど、ふたりは気があう。

「えーっ、ほんと？　楽しみ！　それから、この前見せてもらった『カード戦士マイナ』のＤＶＤ、続きが見たいな」

「いいよ。ママに『マイナ』のソングＣＤを買ってもらったから、それも聴《き》こう」

菜々実と美咲はマンガやアニメが好きだ。ふたりともイラストを描《か》くのが得意で、趣味《しゅみ》もばっちりあっている。


美咲の家は、大通りに面したマンションの七階にある。小学校をはさんで菜々実のアパートと反対方向になる。

美咲の部屋で、アニメ「カード戦士マイナ」のＤＶＤを見てから、ＣＤを聴いた。

CDにあわせて、ふたりで歌う。

「ねぇ、菜々実ちゃんのおとうさんって歌手でしょ？　ショーで歌っているんでしょ？」

美咲がなにげなくきいてきた。

「歌手……かな？　歌うのは松波譲二《まつなみじょうじ》の演歌《えんか》だけだよ」

菜々実はメモ帳に、おとうさんの似顔絵《にがおえ》を描《か》いてみせた。

スーツを着て、マイクをもって、右手を前につきだして「あああ、あなただけ～」

とセリフを入れてみた。

「あはは、菜々実ちゃん、上手《じょうず》！」

「ときどき、老人ホームの七夕《たなばた》とか、クリスマスのイベントによばれて、歌ったりもするんだよ。それを見たことあるけど、おじいちゃんたちにもおばあちゃんたちにもオオウケだった」

「ママがいってたんだけど、アイドル時代の松波譲二って、すっごくかっこよかったんだって。ママ、ファンだったんだって」

今の松波譲二は、けっこうなおっさんだと菜々実には見える。でも、若《わか》いころのDVDを見ると、たしかにかっこいいかも。そして、そのモノマネをしているおとうさんも、かっこいいと思う。

「ママに、菜々実ちゃんのおとうさんは松波譲二のモノマネしてるんだよって教えたら、見たいって！　わたしとママと菜々実ちゃんの三人で、見にいけないかな」

「ええっ？」

菜々実はまだ、おとうさんのショーを見たことがない。

「ショーはオトナのためのものだからね」

おとうさんはいつもそういっていた。だから、子どもの菜々実はショーを見られないものだと思っていた。

そうだ、正式なお客さんとしてならば、見られるかも。美咲や美咲のママがいっしょなら、おとうさんも「きていいよ」っていうかも。

「うん、おとうさんに相談してみるね」


その夜。

「美咲ちゃんのおかあさんが？　見にきたいって？」

おとうさんはおどろいた。

美咲はちょくちょく家にあそびにくるから、おとうさんもよく知っている。美咲のママとも、授業参観《じゅぎょうさんかん》とか父母会で会っている。

「照れるなあ」

「美咲ちゃんのママ、松波譲二のファンだったんだって。おとうさんのこと、尊敬《そんけい》するよ。なんで恥《は》ずかしがるの？」

「いや、モノマネが恥ずかしいわけじゃないよ。自信をもってショーをやってるさ。そうじゃなくて、なんていうか、いつものおとうさんと、ショーのときのおとうさんはちがうから……」

「それでさ、わたしもいっしょに行く！　美咲ちゃんも行く！　みんないっしょならいいでしょう？」

「えっ、菜々実も？」

おとうさんは、もっとおどろいた。

「わたし、おとうさんのショー、見たい！　練習じゃなくて、本番が見たい！」

菜々実はたたみかけるようにいった。

「ねえ、オトナがいっしょならいいんじゃない？」

おとうさんが、ふっとわらった。

「そうか、菜々実の目的はそこか」

つぎの瞬間《しゅんかん》、おとうさんは顔を引きしめると、きっぱりといった。

「だめだ」

「えっ？」

「だーめーだ。おとうさんの職場《しょくば》はオトナの世界だ。オトナがお酒や料理を楽しみながら見るショーだ。美咲ちゃんのおかあさんだけならいいけれど、美咲ちゃんや菜々実は、十八歳《さい》になるまではだめだ」

「えーっ。小学生以上はOKって、お店の案内に書いてあったよ?」

いくら菜々実がくいさがっても、おとうさんはけっして引かなかった。


翌日《よくじつ》、学校で、美咲にはあやまった。

「おとうさんがどうしてもだめだって。ごめんね」

菜々実はおがむように両手をあわせた。

美咲はさして気にしていないようで、右手をひらひらさせながらいった。

「いいよいいよ。しょうがないよ。ママには「ひとりで行ってみたら?」っていうから」

美咲自身は、それほど興味《きょうみ》がなかったらしい。

「でも、オトナの世界って、ちょっと見てみたいって感じね」

美咲はうふふとわらって、ポニーテールの先っぽを右手の人差し指でくるくるとまわした。

菜々実は納得《なっとく》がいかなかった。

来年は中学生だ。おとうさんのお弁当も作っているし、夜の留守番《るすばん》だってできるし、勉強もちゃんとやっていて学校の成績《せいせき》もいい。

オトナとしてあつかってもいいじゃん。ぶつぶついいながら、おにぎりの入ったランチバッグをぶら下げ、言問橋《ことといばし》をわたっていた。

河川敷《かせんじき》の遊歩道の桜《さくら》は、今はもう、緑色の葉を広げて青々としている。

いつものように、プルクラショーハウスのあるビルの非常階段《ひじょうかいだん》をのぼった。

五階の踊《おど》り場《ば》についたが、今日はだれもいなかった。

非常扉《ひじょうとびら》を開けてみたが、やはりだれもいない。いつもなら、休憩《きゅうけい》時間でいろいろなひとが通路を行き交っているはずなのに。

ふしぎに思いながら控室《ひかえしつ》に入ると、おとうさんはいつもどおり、衣装《いしょう》あわせをしていた。

「菜々実、ありがとな」

笑顔でお弁当を受けとるおとうさんにきいてみた。

「なんか今日、ひと、少なくない？」

「ああ、ちょっとステージの準備《じゅんび》がおくれてて、手のあいたひとは、そっちに行ってるんだ」

「そうなんだ。じゃあ」

菜々実は楽屋を後にした。

ショーのある日は、控室から先に進んではいけないことは、おとうさんになんどもいわれていた。部外者立入り禁止だと。

けれども、今日の菜々実は、夕べおとうさんに、「ショーにきてはだめ」といわれたことが、ずっと心に引っかかっていた。

いったいどういうショーなの？　おとうさんがわたしに見せられないショーって？

見ちゃえ！

菜々実の心の中で声がひびいた。

今ならだれも気づかない。ショー会場へもぐりこんじゃえ！

菜々実は、くるりと向きをかえて奥《おく》へ進むと、ショー会場の扉《とびら》をぐっと押《お》した。

瞬間《しゅんかん》、明るい光につつまれた。

観客席に照明がついていた。

ショーのない日に、なんどかのぞいたことがあったけれど、照明はついていなくて、いつも薄暗《うすぐら》かった。けれども今日はとても明るい。

ゆるやかな階段状《かいだんじょう》のホールだ。菜々実が今いる位置がいちばん上で、いちばん下にステージがある。ステージに向かって観客席がならんでいる。

観客席は十段あって、一列ごとに三人、四人がけのソファシートで区切られ、シートの間は通路になっている。シートごとのソファに、小さなテーブルがあって、テーブルの上にはグラスがいくつもおいてある。

前方のステージの横から、銀色のお盆《ぼん》を持ったひとが入ってきた。お盆の上にはサンドイッチやフルーツがのっている。ステージ横の、白いクロスのかかった長テーブルに、お盆ごとおいていく。

長テーブルには、お酒らしきビンがずらりとならんでいた。料理を食べたりお酒を飲みながら、ショーを見るのだろう。

そのとき、後ろで足音がしたので、あわててシートの後ろにかくれた。

中年のおばさん三人組がホールに入ってきた。

「楽しみねえ。ここのショー、ずっと見たかったの」

「ＹｏｕＴｕｂｅで見るより、ずっと迫力《はくりょく》あって感動するわよ」

「生声は、ぜんっぜん、ちがうんだから」

しゃべりながら、通路を前の方へ進んでいく。

お客さんが入ってきちゃった！

帰るなら今しかない。でも帰りたくない。

ぐずぐずしているうちに、またつぎのお客さんだ。

十人ぐらいの団体で、おじさんたちばかりだ。

「今年の社内レクリエーションは、ちょっと変わった感じだな」

「ここのショーは、なかなか評判《ひょうばん》がいいそうですよ」

「おおっ、うまそうな料理だな」

「酒も飲み放題だそうだ」

大声でしゃべりながら、真ん中あたりのシートへ進んでいく。やはり、だれも菜々実には気づかない。

菜々実がかくれているシートは、いちばん後ろの右端《みぎはし》だから、人気のない位置だと思う。ここ、お客さんこないかも。

ショーがはじまるまで、ここにかくれていたらいいかも。

だれかきたら、あきらめて出ていけばいい。でもだれもこなかったら?
見つかりませんように。だれもきませんように。早くショーがはじまりますように。
体を縮《ちぢ》め、ぎゅっと目をつぶる。
十分たったか、二十分たったか。ふっと、ホールの明かりが暗くなった。
そして。

♪タラリラッタラー　タラリラッタラー
華《はな》やかなミュージックが、会場全体にひびきわたった。顔を上げると、頭の上を
七色の光が飛びかっていた。
おーっ。
お客さんたちの歓声《かんせい》があがる。
パチパチパチパチ。
拍手《はくしゅ》がつづいた。

菜々実はひざを立てると、シートの上に顔をのぞかせてみた。

ショーがはじまった！

明るく照らされたステージを、ピエロが一輪車で横切っていった。しかも両手でお手玉をしている。

拍手がひときわ大きくなる。

えっ、ゲンさん？

菜々実は目を凝《こ》らした。まちがいない。ステージにいるのは案内係のゲンさんだ。

ゲンさんも芸人だったんだ！

「レディースアンドジェントルマン！　本日はプルクラショーハウスにご来場、まことにありがとうございます。短い時間ではございますが、楽しんでいただけましたら幸いにございます」

ピエロの格好《かっこう》をしたゲンさんが、ステージ中央で陽気にしゃべっている。

「ショーの間、お飲み物や軽食は、ご自由にお楽しみいただけます。お好きなときに、前方右手のテーブルよりお取りくださいませ」

それを合図のように、客席の人たちが軽食とお酒のテーブルへ移動していく。ビールをついでもらったり、小皿にいろいろな食べ物を取りわけている。

あれ、シャケ、じゃない、スモークサーモンだ！

スモークサーモンの大皿を見て、おとうさんのお弁当を思いうかべた。同じシャケなのに、あっちは「サーモン」だなんてしゃれた名前になるんだ。

そのとき、照明の輪の中を、ピンクのミニスカワンピを着た女の人がステージに現《あらわ》れた。すらりとのびた足がきれいだ。

♪ 勝負よ！　見ててね　ハートビーム。あなたにロックオンしてみせる
「猫耳倶楽部《ねこみみくらぶ》」のヒットソングで、峰山円香《みねやままどか》が初めてセンターを取った歌だ。もちろん、歌っているのはマドカリンさんだ。

おおおおおーっ。

歓声《かんせい》とも、ため息ともとれるような声が、会場にひびく。
♪あなたは夢中《むちゅう》　もう夢中　あなたはわたしにもう夢中
マドカリンさんが歌いおわると、大きな拍手《はくしゅ》が広がった。
つづいて、バットを背負《せお》ったサブローさんがでてきた。無言のまま、バットをふりまわす。顔芸が得意で、メジャーリーグの鈴木三郎《すずきさぶろう》選手に見える。
あははははははは。
会場が笑いにつつまれた。
すごい、みんな本家になりきってる。そして、
♪雨降《あめふ》りのオランダ坂　傘《かさ》のかげでほほえむあなたの　やさしい黒髪《くろかみ》がゆれる
おとうさんだ！　しっとりとした声で歌いながら、おとうさんが、ステージ左手からゆっくりと姿《すがた》を現した。

菜々実は、これまで家でなんども、おとうさんが歌っているのをきいていたが、普段着姿《ふだんぎすがた》のおとうさんは、松波譲二には見えなかった。

けれどもステージの上には、「アイドル演歌歌手《えんかかしゅ》・松波譲二」がいた。

きゃーっ！

最前列に陣取《じんど》っていた、中年のおばさん団体《だんたい》がさけび声をあげた。

五人組で、みな、同じうちわを右手に持って、左右に大きくふっている。うちわには「マツジョー」と書いてある。

あのひとたち、おとうさんの歌を目当てにきたんだ。

おばさん五人組のシートには、真っ赤なバラの花束がおいてある。

「マツジョーさーん」

「譲二！　譲二！」

おばさんたちがさけぶ。おとうさんの名前と、おとうさんがまねている松波譲二の名前を。なかのひとりがステージの下から、おとうさんにバラの花束をわたした。

おとうさんは、満面の笑《え》みで受けとる。

そのひとがおとうさんに手をのばす。おとうさんはステージにひざまずくと、おばさんの手を取って引きよせ、なんと唇《くちびる》をよせた。

きゃーっ！　きゃーっ！

おばさん軍団《ぐんだん》がさらに黄色い声をあげる。

思わず菜々実は、ステージから目をそらした。

そのときだった。

ガッガッガッ。

大きな足音がした。

ガダッ！

乱暴《らんぼう》にシートにすわる音。ななめ前のシートだ。

菜々実は我《われ》に返った。そして、あわてて体を縮《ちぢ》めた。シートの後ろにかくれていたつもりだったけれど、気がつくと大きく体をのりだしていた。

「なんだよ、ふざけんじゃねぇよ」

怒《おこ》られた?!

ののしり声をあげたのは若《わか》い男だった。ステージに身をのりだすようにし、舞台《ぶたい》をにらみつけている。菜々実のことを怒っているわけではなさそうだ。

「あのババァのどこが円香なんだよ」

男はブツブツつぶやいている。

男が背負《せお》っているデイパックに「まどかっちゃん」がついていた。峰山円香プロデュースのマスコットだ。峰山円香のファンだ。

ってことは……このひと、マドカリンさんのことを怒っているのだろうか。マドカリンさんが峰山円香に似《に》てないといってる?

おとうさんが松波譲二のマネをするとよろこぶひとがいるのに、マドカリンさんが峰山円香のマネをすると怒る人がいる。

同じモノマネなのにこんなに反応《はんのう》がちがう。

「円香を侮辱《ぶじょく》するなんて、ぜってー、ゆるせねぇ」

男が、ドンっと床《ゆか》を蹴《け》った。

はじかれたように、菜々実は身をかがめたまま、小走りに通路を目指した。

怖《こわ》くなった。あの男が。そして、こっそりかくれていることが。

もう、ここを出た方がいい。

ステージが七色の光で輝《かがや》き、また、新しい出し物がはじまったようだ。

菜々実は会場をぬけだした。


夜、十一時過ぎにおとうさんはアパートに帰ってきた。

「ちゃんと留守番《るすばん》できたか？　なにも起きなかったか？」

おとうさんはそういった。帰るとまず、こういう。いつもどおりだ。

「う、うん。だいじょうぶだよ」

菜々実が会場にもぐりこんだことは、ばれていないようだ。

けれども菜々実は後ろめたくて、おとうさんの顔をちゃんと見られなかった。

「ねむいから、もう寝《ね》るね」

自分の部屋に布団《ふとん》を敷《し》くと、いそいでもぐりこんだ。頭まで布団をかぶって、今日、のぞき見たことを思いかえす。

（赤いバラの花束……）

おばさんたちのシートにあった真っ赤な花束が、頭の中にうかんだ。

おとうさんは、花束は持ってかえってこなかった。おとうさんへの贈《おく》り物《もの》ではなかったのだろうか。プルクラショーハウスへの贈り物、ということなのか。

だけど、おとうさんは、見ず知らずのおばさんの手にキスをした。

あれは、いやだ。

3. SNSで炎上《えんじょう》

いつものように、おとうさんにお弁当を届《とど》けに行ったら、マドカリンさんがいなくなっていた。

「マドカリンは、しばらくプルクラショーハウスをお休みするんだ」

ゲンさんがいった。

「それから、ちょっと警備《けいび》がうるさくなってね。ハウス内に部外者は立ち入り禁止になったんだ。ごめんね、菜々実《ななみ》ちゃんは部外者じゃないんだけど」

ゲンさんはすまなそうに、菜々実からお弁当を受けとると、バタンと外階段《そとかいだん》の扉《とびら》を閉《と》じた。

菜々実は踊《おど》り場《ば》に、ひとりのこされた。

ゲンさんの話だと、こういうことらしい。

●峰山円香《みねやままどか》のコアなファンが、マドカリンのモノマネを見て「円香を冒涜《ぼうとく》している」とＳＮＳに書きこんだ。

●それを読んだ円香ファンたちがプルクラショーハウスに押《お》しよせて、マドカリンのステージにブーイングをだした。

●このままでは他の出し物に影響《えいきょう》がでると、マドカリンはプルクラショーハウスの出演《しゅつえん》を休止した。

いつからそんなさわぎになっていたのだろう。
おとうさん、なにもいっていなかった。
アパートに帰ってから、菜々実はスマホでネット検索《けんさく》してみた。

●峰山円香のデビュー当初から追っかけをしていた熱烈《ねつれつ》なファンが、マドカリンのうわさを聞いて、プルクラショーハウスにきた。
●マドカリンは、峰山円香よりもずっと年齢《ねんれい》が上だった。高校生の円香を二十歳《さい》すぎたオバサンが演《えん》じるなんてありえない。
●円香にまったく似《に》ていない。わざとらしく目をパチパチさせたりセリフを噛《か》んでみせたりして、円香を侮辱《ぶじょく》している。

モノマネは本家そっくりにまねることが仕事だ。侮辱しているわけじゃない。

峰山円香に似た人がいるのがゆるせないのかな？

はっとした。

プルクラショーハウスのステージをこっそりのぞいた日。菜々実のななめ前にすわった若《わか》い男。

「円香を侮辱するなんて、ぜってー、ゆるせねぇ」

そういっていた。

あの人が、SNSに書いた？　あの人がマドカリンさんを？

あのとき感じたザワザワとした思いと、乱暴《らんぼう》な言葉と音がよみがえる。


夜のショーをおえて、おとうさんが帰ってきた。おとうさんのようすはいつもと変わらない。けれども菜々実はきかずにいられなかった。

「おとうさん、マドカリンさん、どうなっちゃったの？」

おとうさんの表情《ひょうじょう》が変わった。

「ごめんな、菜々実。楽屋までこれなくなって」

「そういうことじゃなくて」

菜々実は首をよこにふった。

「マドカリンさんは……、あの、えっと、だれかに……」

とはいえ、あの日、菜々実が見たことを、しゃべるわけにはいかない。

「ゲンさんにきいたんだな」

少し間をおいて、おとうさんはそういった。

「マドカリンは、しばらくプルクラショーハウスで出演《しゅつえん》できないだろうな」

「どうして」

「モノマネが侮辱《ぶじょく》だなんてな。そういうふうに、見える人には見えるんだろうな」

それからおとうさんは、ゆっくりと菜々実の肩《かた》に手をおいた。

「心配するな。マドカリンはそのうちもどってこれる。こんな騒動《そうどう》は一時的なものだ」

それはまるで、おとうさんが自分自身にいいきかせているようだった。

菜々実はだまってうなずくしかなかった。


最近、おとうさんのショーの回数がすごく減《へ》った。今までは週に七回、ショーに出ていた。昼だけの日が四回、夜だけの日が一回、昼も夜もある日が二回だった。

ところが昼のショーがすべてなくなって、週に三日、夜だけになった。

昼のショーに出なくなった分、おとうさんはコンビニの仕事をふやした。

そして、夜のショーがある日も、おとうさんは、自分のお弁当と菜々実の夕食を、昼のうちに作るようになった。

菜々実がおとうさんにお弁当を作ることも、プルクラショーハウスに届《とど》けることもなくなった。

完全オフの日、夕食を食べおわったときに菜々実はきいてみた。

「おとうさん、もう昼のショーには出ないの？」

「昼のショーでは、モノマネをやらないことになったんだ」

「どうして？　モノマネ、人気なんでしょう？」

「ここのところ、マドカリン以外にもブーイングする人たちがくるようになったんだ。夜のショーは、会社の団体とか、はとバスなんかのツアー客が多いんだけど、昼は個人《こじん》のお客さんが中心で、そういう人たちがけっこうくるようになって」

おとうさんは考えながら話しているようだ。口調がゆっくりだ。

「SNSとかヤフコメとか、個人《こじん》の意見がネットの力であっという間に広がって、それが世の中全体の意見みたいに思えてしまう。

人のマネをして稼《かせ》ぐなんてゆるせないって声が広がって。峰山円香ファンの声がおもなんだけど、それが他のファンにも広がったって感じかな。だから、しばらくは昼間のショーではモノマネ芸をお休みすることにした」

菜々実も、もやもやしてきた。

「マネとモノマネって、なにがちがうんだろう。学校でもよくいわれるよ。オリジナルが大切だって。ナンバーワンよりオンリーワンだって。マネはだめだよって」

「モノマネとマネは別物《べつもの》だよ。マネはコピーをすることだ。モノマネはコピーではなく、より本家らしさがでるようアレンジをする。本家に対するリスペクトの芸だ」

「リスペクト?　リスペクトって何?」

「相手を尊敬《そんけい》する、って意味だ。本家のもっとも素敵《すてき》な瞬間《しゅんかん》を再現《さいげん》させる。モノマネ芸ってのはそういうことだと、おとうさんは思っている」

おとうさんは、ふーっと息をついた。

「モノマネ芸は、見る人たちに素敵な記憶《きおく》を思いおこさせる魔法《まほう》だ。松波譲二《まつなみじょうじ》が若《わか》かったころの姿《すがた》を見せることで、お客さんたちに、その当時の幸せな気持ちを思いだしてもらうんだ。

松波譲二がアイドル演歌歌手《えんかかしゅ》をやっていたときの映像《えいぞう》を、おとうさんはくり返し見ていて、当時の透明感《とうめいかん》のある初々《ういうい》しさを、どうやって再現《さいげん》できるか、いつも研究している。

マドカリンだって同じだ。マドカリンは、今のかわいい円香ちゃんを、円香ちゃんのいちばん素敵なところを再現する。それがモノマネ芸だ。プルクラショーハウスには、そういうモノマネ芸人たちが集まっている。一人ひとりがいろいろな時代の、いろいろな人のモノマネをすることで、たくさんの時間を共有できるんだ」

「つまり、モノマネは悪いことじゃない、ってことだよね」

菜々実は気分が明るくなった。

「さて、かたづけをするか」

おとうさんが立ち上がった。食べおわったあとのお皿が、テーブルにおいたままだった。今日の夕食は大好きなオムライスだった。おとうさんは、ケチャップのついた皿を二枚《まい》、かさねた。

キッチンのシンクでお皿を洗《あら》いながら、おとうさんがぽつりとつぶやいた。

「でも、松波譲二がいなかったら、そもそも芸として成り立たないのも事実なんだがな」

「え？」

けれども、おとうさんはそれ以上なにもいわなかった。

ジャーッという水道の音が、やけに大きくひびいてきこえた。

4. わたし、マネてなんかいない

「今日の授業《じゅぎょう》は、校内の絵を描《か》きます」

図工の清野《せいの》先生がいった。

菜々実《ななみ》の得意な絵の授業が、今日は二時限分くっついて一時間半ある。朝からたのしみだった。

「題材は『わたしの大切な風景』。学校内で大切と思うなにかを題材に、描いてください」

教室内がざわざわする。

「学校の中だったらどこでもいいんですか?」

「人物を入れてもいいですか?」

「トイレの便器とかもありですか？」

「校内を描《か》いているのであれば、なんでもいいですよ。友だちの顔とか入っていてもOKです」

おちゃらけ男子の質問にも、清野先生は余裕《よゆう》の笑顔で答えた。お姉さんみたいな若《わか》い先生なのに、堂々としていてたのもしい。

「菜々実ちゃん、なにを描く？」

美咲《みさき》も絵が得意なので、瞳《ひとみ》をきらきらさせながらきいてきた。

配られた画板に画用紙を固定して、菜々実は立ち上がった。

「音楽室とか家庭科室とかがいいかな。あ、でも今、ほかのクラスがつかっていたら見られないか」

「外からのぞいて、さらっとスケッチして、絵の具で色塗《ぬ》ったりとかは、教室にもどってきてからやればいいんじゃない？」

画板と絵具セットを持って、教室から出ていってしまった子がすでに何人もいた。

「わたしたちも教室の外に出てみよう」

四階の六年二組の教室から、一階に向かって階段《かいだん》を下りていたとき、窓《まど》の外にスカイツリーが見えた。

そうだ！　校庭から見えるスカイツリーを描こう。

校庭だって学校内だし、校庭からはスカイツリーの上半分がよく見える。

「美咲ちゃん、わたしきめた。校庭を描く」

「校庭？」

「校庭といっしょにスカイツリーを描いちゃう。うちのアパートからだと、下の足の部分しか見えないから、学校から見る方が好きなんだ」

「わたしも校庭にしようかな。わたしはスカイツリーと反対側、校舎を描くよ。やっぱり学校でいちばん長くいる場所だし」

菜々実と美咲は、校庭のすみに、背中《せなか》合わせにぺたんと腰《こし》を下ろした。

えんぴつでスケッチをしてから絵具で色をつけていく。

美咲はパステル調のやさしい色づかいのイラストをよく描《か》く。コンクリートの校舎も屋上の緑のフェンスも、実際《じっさい》よりも淡《あわ》い感じだ。

菜々実はビビッドな感じが好きだ。体育館の色はクリーム色というより黄色、となりのマンションの壁《かべ》は茶色というよりオレンジ色、そしてその向こうの空は濃《こ》い目の青にして、そびえるスカイツリーの白を目立たせるようにした。

「すごく菜々実ちゃんらしい。スカイツリーがかっこいい」

「校庭の絵というより、スカイツリーそのものみたいになっちゃった」

満足して教室にもどった。そろそろ図工の時間も終わりで、ほとんどの子が自分の席についていた。

菜々実も自分の席についたときだった。

「やだ、須崎《すざき》さん、わたしのマネしてる」

間宮雛子《まみやひなこ》だった。

机《つくえ》のよこに立って菜々実を見下ろしている。

マネ？

なにをいわれたのかわからず、菜々実は雛子を見返した。

雛子はいつも、クラスの女子たち十人とつるんでいる。いわば「六年二組のボス女子」だ。「雛子グループ」に所属《しょぞく》していない女子は、菜々実と美咲と、他に数人だけだ。

雛子の持っている画用紙に、スカイツリーが描かれているのに気づいた。

そういえば、雛子も校庭で絵を描いていたっけ。菜々実と美咲が描いていた場所から、少しはなれたところに雛子がいたことを思いだした。

雛子も校庭から見えるスカイツリーを描いていたのか。

自分と同じアイデアだったことがちょっとくやしい。と思うと同時に腹《はら》が立った。

「わたし、マネてなんかいない！」

菜々実はさけんでいた。

少しはなれた席にすわっている美咲が、心配そうにこっちを見ている。

「須崎さんも間宮さんも、校庭から見えるスカイツリーを描《か》いたのね。とてもいい着眼点《ちゃくがんてん》です」

清野先生が、菜々実と雛子の絵を見くらべた。

「スカイツリーを思いついたのはわたしです。須崎さんがわたしの絵を見てマネたんだと思います」

雛子が不服そうにくいさがった。

「間宮さんの絵なんて見てません。わたしも自分で思いつきました」

菜々実ももういちど、はっきりとそういった。

「スカイツリーは、墨田区《すみだく》のシンボル的な存在《そんざい》です。うちの小学校からも、その姿《すがた》がよく見えます。ふたりの絵からは、学校とともに町を愛する心が感じられます」

清野先生は、菜々実と雛子にほほえんだ。

「ふたりとも、その気持ちを大切にしてくださいね。ふたりが同じ気持ちを持っていたから、同じ題材になったのです。マネをしたということではないと思いますよ」

雛子はくやしそうに菜々実をにらみつけた。

「あー、女子、うぜぇな」

「たまたま、同じところを描いただけじゃね」

「マネたとか、マネてないとか、たるいよな、そういうの」

男子たちがさわぎはじめた。

「しずかにしてください。今日、みなさんに描いてもらった絵は、あとで廊下《ろうか》にはります。どういうところを〈大切な場所〉と感じているか、おたがいの気持ちを感じとってくださいね」

清野先生が締《し》めくくったところで、授業《じゅぎょう》のおわりを告げるチャイムが鳴った。

図工の時間はおわりとなったけれど、菜々実と雛子の間には、わだかまりがのこったままだ。

マネをしたといわれただけで、ものすごく腹《はら》が立った。どうしてこんなに腹が立つのだろう？

それから数日たった日のことだった。

「これ、須崎さんのおとうさんでしょ？」

朝、教室に入ったとたん、雛子にスマホをつきつけられた。

♪　雨降《あめふ》りのオランダ坂　傘《かさ》のかげでほほえむあなたの～

おとうさんの歌声がスマホからながれた。

びっくりして菜々実は動画を見つめた。

七色の光が飛び交うステージの上で、白いスーツを着たおとうさんが歌っている。

菜々実の頭の中に、プルクラショーハウスの観客席にもぐりこんだ、あの日の映《えい》像《ぞう》がよみがえった。

赤い花束をもったおばさんたちと、おばさんの手の甲《こう》にキスをするおとうさん。

そして、目の前につきつけられた動画は、そのシーンを再現《さいげん》していた。

「どうしてこれを……」

雛子がにやりと笑う。

「インスタで見つけたの」

そうか。あのおばさんたちがスマホかなんかで撮影《さつえい》していて、インスタにアップしたんだ。でも、どうやって雛子は見つけたんだろう？　おとうさんの仕事のことを知っているのは、美咲だけのはずだ。

美咲の席を見る。

着席したばかりの美咲と目があった。美咲は不安そうな顔をしている。

美咲ちゃんが雛子に教えたの？

「ふーん、やっぱりそうね。モノマネする父親だから、その子もマネをするってことなんだ」

「わたし、マネなんてしてないし、おとうさんの仕事と関係ないでしょ！」

「しかもさ、なにこれ。須崎さんのおとうさんて、知らない女の人の手にキスするの？」

「知らない、こんなの！」

とっさに菜々実はそういっていた。そして、それ以上なにもいえなかった。

「へー、これ、ほんとうに須崎さんのおとうさんなんだ」

「マネすることが仕事なんだ」

「なんかすごく恥《は》ずかしくない？」

雛子の取りまき女子が、雛子のまわりに集まってきた。菜々実は後ずさった。

そのとき、担任《たんにん》の田口《たぐち》先生が教室に入ってきた。

「おはようございます。朝の読書の時間ですよ。早く席についてください」

菜々実も雛子たちも、それぞれ自分の席についた。

けれども菜々実の胸《むね》のどきどきはおさまらない。デイパックから朝読用の本を取りだして開いてみたけれど、内容がぜんぜん頭に入ってこない。

おとうさんをばかにされた。

菜々実がいやだったシーンを、みんなにばらされた。

そして、そのきっかけを作ったのは美咲?

落ちつかないまま朝読の時間がおわった。一時間目の算数、二時間目の社会と、時間はのろのろとすぎて、ようやく中休み時間となった。

すぐに菜々実は、美咲の席へ行った。

菜々実の顔を見ると、美咲は首をすくめた。

「ごめん、菜々実ちゃん。『これ、須崎さんのおとうさん?』ってきかれたから、『そうだよ』って答えて」

おとうさんは、授業参観《じゅぎょうさんかん》にも父母会にも欠かさずきてくれていたから、顔も名前も知っている人がいるのは当然だ。そこから推測《すいそく》して、美咲に確認《かくにん》したということか。

「あら、菊池《きくち》さんもいったよね。マネすることが仕事だなんていやだなって」

後ろから声をかけられて、菜々実はふりかえった。

後ろに雛子が立っていた。雛子は右手に持っているスマホをつきだした。

またあのシーンだ。そこに映《うつ》っている動画は、見なくてもわかる。

「このシーンはいやなんでしょ？」

「……うん。そこは……いや……」

美咲がつぶやくようにいった。

「そうよねぇ。いやよねぇ。やっぱりねぇ」

歌うように雛子はいうと、満足そうにその場をはなれていった。

菜々実と美咲のふたりだけになった。

「ごめんね、菜々実ちゃんはマネなんてしてないのに」

「もちろんだよ！　だけど、どうしてそれと、おとうさんの仕事が結びついちゃうわけ？」

美咲はうつむいた。

「よくわからなくなっちゃった。マネとモノマネのちがいってなんなのか。マネがだめならモノマネもだめっていわれると、そうかもって」

マネとモノマネは別物《べつもの》なんだ。

ついこの間、菜々実とおとうさんが話したことだ。

「マネる人がいなかったら成り立たないんだから、モノマネもマネと同じかなって。見にきてる人たちも、本家に会えないから、代わりに、菜々実ちゃんのおとうさんに会いにきてるのかもって。あの動画を見たら、そんな気持ちになっちゃったの」

美咲はつづけた。

「菜々実ちゃんはいやじゃないの？　おとうさんがあんなことをするなんて」

あんなことというのは、例のキスシーンのことだ。

「わたしのパパがあんなことするなら、モノマネショーなんて、やめてほしいって思う」

美咲の言葉が、心にグサリとつきささった。

「えっ、そんな……」

菜々実はそれ以上、なにもいえなくなってしまった。

ちょうど中休み時間の終わりを告げるチャイムが鳴ったので、しかたなく菜々実は自分の席にもどった。

三時間目は国語。菜々実の好きな学科なのに、さっぱり頭に入ってこない。教科書を読む田口先生の声が、頭の上を通りすぎていく。

わたしがマネをしたっていいがかりをつけられたことから、どうして美咲ともめることになったんだろう。

わたしはマネなんてしていない。わたしの絵はオリジナルだ。

おとうさんの仕事は「マネ」ではなく「モノマネ芸」だ。

――ただのコピーじゃない。アレンジして本家をリスペクトしているんだ。

おとうさんはそういっていた。

でも菜々実自身、まだよく理解《りかい》できていない。美咲のいうことも、正しいような気もする。

「本家に会えないから、代わりに菜々実ちゃんのおとうさんに会いにきてる」

あのおばさんたちは、本家の松波譲二の名前と、おとうさんの芸名「マツジョー」をかわるがわるさけんでいた。あれはやはり、ふたりを混同《こんどう》しているということか。

それでも、美咲がおとうさんのことを悪くいったのが、なによりいやだった。

美咲にはあやまってほしい。

その日一日、美咲が「ごめんね」っていってくるのを、菜々実は待った。

けれども美咲はなにもいってこなかった。


それから数日しても、美咲はあやまってくれないままだ。

それどころか、菜々実から話しかけようとすると、いつも雛子か雛子の取りまきが美咲を取りかこんでいて、じゃまをされる。

美咲も菜々実に話しかけてこない。

雛子からのいやがらせだ。菜々実をこまらせようと、美咲を「雛子グループ」に取りこんだのだ。

これじゃ、いじめじゃん。

もともと菜々実と雛子は仲が悪かった。いつも集団で行動してえらそうな雛子が、菜々実はきらいだった。

雛子は、自分の思いどおりにならないのを受け入れられない性格《せいかく》だ。菜々実が「マネをした」というまで、いやがらせをするのだろう。

最初のうちはこまったような顔をしていた美咲も、だんだんと雛子グループとすごす時間もふえて、なれてきたように見える。アイドルグループの話でもりあがっている。

雛子たちも私立中学進学組だ。そういうところも話があっているのだろうか。

わたしたち、親友だったのに。

わたしがマネたといえば、それで丸くおさまるのだろうか。

でも、わたし、ほんとうにマネてなんかいないし、おとうさんのことを悪くいうのは、ぜったいにゆるせない。

5. おかあさんとデート

今日も菜々実《ななみ》は、教室でひとりぼっちだ。

美咲《みさき》は雛子《ひなこ》たちと楽しそうだ。

男子たちはいつもどおりわーわーさわいでいて、菜々実のことなんて気にしていない。

ため息をついたときだった。菜々実のスマホがコロロンと鳴った。

おかあさんからのＬＩＮＥだ。

「こんどの土曜日どぉ？　デートしよ」

おかあさんはいま、マンションでひとりで暮《く》らしている。菜々実が三年生のとき、おとうさんとおかあさんは話しあって、はなれて暮らすことにしたからだ。

奈々実は、おとうさんと暮《く》らすことにして、好きなときにおかあさんと会う。今みたいに、別居中《べっきょちゅう》のおかあさんから、ときどきおさそいの連絡《れんらく》がくる。

おかあさんはシステムエンジニアで、プロジェクトのマネージャーをやっている。プロジェクトにもよるみたいだけど、たいていは、すごくいそがしい。

前におかあさんと会ったのは春休み前だ。ずいぶん間があいたなと思う。

気持ちが落ちこんでいるけれど、おかあさんと会ったら気が晴れるかな。

「いいよ。土曜日ＯＫ」

ＬＩＮＥを返した。

ひさしぶりのデートの日、おかあさんがランチにつれていってくれたのは、洋食のフルコースのお店だった。隅田川《すみだがわ》に面したビルの二十一階にある「エスカルゴ」というフランス料理のお店だ。

浅草《あさくさ》の老舗《しにせ》洋食店の出店だから、「フレンチ」じゃなくて、むかしからの呼《よ》び名《な》の

「洋食」なのだそうだ。

おかあさんは浅葱色《あさぎいろ》のワンピースを着て、ちょっとおしゃれをしている。

「たくさん食べて。特別手当がでたの。だから今日は大奮発《ふんぱつ》！」

おかあさんはとてもきげんがいい。菜々実の気分とは真逆《まぎゃく》だ。

けれども窓《まど》ぎわの席から外をながめたとき、思わず「わーっ」と声をあげてしまった。窓の下に、隅田川のゆったりしたながれと、浅草の街《まち》が広がっていた。

にょきにょき建つビルやマンションの狭間《はざま》に、ごちゃごちゃと民家がひしめいている。その景色が、地平線の向こうまでつづいていた。

前菜のプレートが運ばれてきた。

真っ白な丸い大きなお皿に、スモークサーモンとキッシュがのっている。

「わっ、シャケ……じゃなくて、サーモン」

おとうさんのショーをのぞいた日の、きらきらした料理を思いだしてしまった。

「菜々実、サーモン好きでしょ」

「あ、え、うん、好きだよ」

「じゃあ、夜はサーモンのお寿司《すし》にしようか」

おかあさんとデートの日は、ランチを外食して、夜はおかあさんのマンションでごはんを食べることになっている。

「ねえ、きいてくれる？　おかあさん、部長になれそうなの」

「部長って？」

「会社の中でえらい人のこと。いろんな人の作業を管理《かんり》したり指示《しじ》をアドバイスしたりするんだ。ウチの会社では、最年少《さいねんしょう》、かつ女性初の部長よ」

おかあさんはうれしそうに胸《むね》をはった。

「すごいじゃーん」

「部長」の仕事をイメージはできなかったけれど、おおげさにおどろいてあげた。

「菜々実にそういってもらえると、とってもうれしい。おかあさん、部長昇進《しょうしん》の面《めん》接《せつ》、がんばる」

菜々実はこんなおかあさんが好きだ。すごくわかりやすくて、すごく素直《すなお》で、好きな仕事に夢中《むちゅう》になれる。

「部長になれたら、菜々実のほしいもの、買ってあげるよ」

「ほんと？　そうだ、ユルリックマのネックレスがほしいな。金色のやつ」

「ユルリックマね。コユルリックマじゃなくて、ユルリックマの方でいいんだね」

バリキャリの見かけに反して、おかあさんはかわいいものが好きだ。そんなところも、おかあさんのいいところだ。

メインディッシュのビーフシチューを食べて、デザートのチョコレートケーキがきたときだった。

「で、おとうさん、最近どう？」

おかあさんが声を落としてきいてきた。おとうさんの話題になると、おかあさんの声が低くなる。

菜々実は返事につまった。

いつもなら「元気だよ！　今日はお昼のショーに出てる」とかいえる。けれど、今、おとうさんの仕事は減《へ》っている。

「えっと、最近は、コンビニの仕事がふえてるよ。夜はショーに出てるけど」

「そうなの。まだモノマネにしがみついてるの」

チョコレートケーキを食べようとしていた菜々実の手が止まる。

モノマネ。

おかあさんはこの言葉を、いつもすごくいやな言葉のようにいう。

「俳優《はいゆう》を目指してがんばっている姿《すがた》にひかれて結婚《けっこん》したのに。あきらめてしまうの。モノマネ芸人になるなんて、だまされた気分よ」

そんなやりとりがあって、べつべつにくらすことにしたと、菜々実は、おとうさんからはなしてもらった。

おとうさんはむかし、俳優を目指していた。大学卒業前に芸能《げいのう》プロダクションのオーディションを受けて合格《ごうかく》し、おかあさんと結婚《けっこん》した。けれど、いくつかドラマの端役《はやく》に出ただけだった。そしてプロダクションとの契約《けいやく》も解消《かいしょう》した。

そのうち松波譲二《まつなみじょうじ》に似《に》ているということで声がかかり、プルクラショーハウスでモノマネをしている。

今、ショーのこととか、菜々実がかかえている問題をおかあさんに話したら、どうなるだろう。

「菜々実、どうしたの？　なんかぼんやりしてる」

おかあさんにいわれて、菜々実はあわてて首を横にふった。

「ううん、なんでもない。このチョコレートケーキ、すっごくおいしいね」

豪華《ごうか》ランチを食べた後「東京ソラマチ」へ行った。スカイツリーの真下にある、大きなショッピングモールだ。雑貨屋《ざっかや》、スイーツ屋、土産物屋《みやげものや》、ブティック、メダカショップなどなどいろいろなお店が入っていて、明るくきれいでおしゃれでにぎやかで、いつきてもわくわくする。

「これがユルリックマの金のネックレスだよ」

キャラクターショップで、ほしいネックレスをおかあさんに教えた。

「うんうん、わかった。ぜったい買ってあげるから」

「それから『パンダクーヘン』も」

「パンダクーヘンは、今日、買ってあげるよ」

「やったぁ！」

パンダ型のバームクーヘン・パンダクーヘンは、四角いバームクーヘンからパンダの形に型抜《かたぬ》きできるのだ。夕食の後に、おかあさんと型抜きしながら食べるのが楽しい。パンダクーヘンの紙袋《かみぶくろ》を手にしたら、テンションが上がってきた。

「あとは、フードマルシェでサーモンのお寿司《すし》ね」


地下鉄に乗って、おかあさんのマンション「サニーハイム」へ行く。

おかあさんの部屋は四階の２ＤＫだ。「プチメゾンさくら」よりも広い。

でもスカイツリーは見えない。スカイツリーのある北側に、大きな老人ホームが建っているからだ。

「あれ？　おかあさん、部屋、かたづけちゃったの？」

部屋のひとつが、がらんとしていた。前にきたときは、本棚《ほんだな》があって、雑誌《ざっし》や文庫本がぎっしりつまっていたのに、その本棚がなくなっていた。

「そうよ」

おかあさんが意味ありげに、ふふふ、と笑った。

おかあさんは不要と思ったものはどんどんすてて、部屋はいつもすっきりしている。かたづけが得意な分、料理は苦手だけれど。

お風呂《ふろ》から上がると、ダイニングキッチンのテーブルに、サーモンのお寿司《すし》と唐《から》揚《あ》げとレタスサラダが用意してあった。

「唐揚げは冷凍《れいとう》をチンしたものだけれど、これ、有名店の通販《つうはん》でお取りよせ。おいしいって評判《ひょうばん》なんだよ」

料理は手抜《てぬ》きだけれど、こういうところ、しっかりこだわっている。

菜々実はさっそく、サーモンのお寿司を食べた。とろっとしていて味が濃《こ》くて、スーパーで売っている安いお寿司とはちがう。

お取りよせの「特別な唐揚げ」も食べてみる。

「えっ、これ、おいしい！」

皮はカリカリで、中の肉はジューシーでしょうゆの味がしみている。冷食なのに、こんなにおいしいなんて。

唐揚げを味わっていたときだった。

「菜々実、おかあさんといっしょに暮《く》らそうよ」

おかあさんがいった。

「今日の夕食はサーモンのお寿司にしようか」といったのと同じ調子で。

びっくりして、おかあさんの顔を見る。

なぜ今、それを？

それが、最初に頭に浮《う》かんだ思いだった。

三年前、「おとうさんとおかあさん、どっちと暮《く》らすか」ときかれたとき、菜々実はおとうさんをえらんだ。そしておかあさんは、菜々実と暮らすことを、それほど強く主張《しゅちょう》しなかった。

おかあさんは、菜々実が起きる前に会社に行って、菜々実が寝《ね》た後に帰ってくるのがふつうだった。おかあさんは仕事の方が大事なんだって思っていた。

「おかあさん、料理は上手《じょうず》じゃないし、あんまり早く家には帰れないかもしれないけど、今は宅配《たくはい》ごはんもあるし、ミールキットも充実《じゅうじつ》してる。菜々実にそれほど負《ふ》担《たん》はかけないですむと思うの。それに、部長になったら仕事の時間、もっと自分でコントロールできるようになるし、最近は「リモートワーク」っていって、家で仕事もできるんだよ」

おかあさんは、菜々実の心の声にこたえるように説明をする。

「菜々実は頭がいいから、中学受験をしたらどう？　今から受験勉強をはじめても、行けるところはあるってきいたよ。おかあさんと暮らせば、私立中学へ行けるよ」

私立中学といわれて、美咲の顔が浮《う》かぶ。

少し前までは美咲と同じ中学校へ行けたらなあと思っていた。けれども最近は、美咲と口もきいていないのだ。

「べつに、美咲ちゃんと同じ私立中学になんて行かなくていいよ」

おかあさんが意外、という顔をした。

「だってさ、急にそんなこといわれても……わかんないから……」

おかあさんはときどき、わたしも「一児の母」っていいたいのだけどね。という。

もちろんおかあさんは「一児の母」だ。けれども菜々実といっしょに暮らしていないから、胸《むね》をはってそういえないのだという。

だれに向かって「菜々実という子どもがいる」といいたいのか。

それは、仕事関係の人たちだという。「ワーキングマザー」は、対外的に好印象《こういんしょう》を持たれるらしい。おかあさんは、なんでも手に入れたいのだ。仕事も子どもも。だから、菜々実を手元におきたいのだ。

わたし、おかあさんの仕事のためにいるんじゃないんだよ。

それに、おとうさん。菜々実はおとうさんが大好きだ。毎日いっしょにいられなくなるなんて、今は考えられない。

「きゅうにいわれても……わかんないよ……」

「サニーハイム」の前からタクシーに乗って、「プチメゾンさくら」の前で下りた。支払《しはら》いは、おかあさんが持たせてくれるタクシーチケットだ。

タクシーに乗っている時間は十分足らず。三ツ目通りをまっすぐ走って、あっという間についてしまう。

けれども、おかあさんがいっしょにきたことは、ない。

6. さよなら、さよなら

「今度の日曜日、おかあさんがくるって」

コンビニの仕事から帰ってきたおとうさんが、ぽつりといった。

「えっ、ここに？　とつぜんどうして？」

「さあ、どうしてかな。ひさしぶりに、このへんを見たくなったのかもね」

そういうと、床《ゆか》に腰《こし》を下ろし、窓《まど》にもたれかかった。

窓からは、路地の向こうに、スカイツリーの足の部分が見える。いつもの景色を
おとうさんはぼんやりとながめていた。

そのとき菜々実《ななみ》は、おとうさんの仕事用のデイパックのポケットに、紙がはさまっていることに気づいた。

なんとなく、その紙を手に取ってみた。

プルクラショーハウスのスケジュール表だった。

お昼のショーの日程には「熱川《あつかわ》きよし」「まねまねパンダ」といった、モノマネ芸人の名前がある。

けれども、「マツジョー」の名前はなかった。

お昼のショーでモノマネ、復活《ふっかつ》してるじゃん。おとうさん、どうして出演《しゅつえん》しないんだろう。

「おとうさん、どうして……」

いいかけた言葉を、菜々実は飲みこんだ。

おとうさんは、菜々実がスケジュール表を持っていることに気づいていない。そして窓《まど》の外をながめているその横顔が、とても悲しそうに見えた。

スケジュール表を、そっとデイパックのポケットにもどした。なんだか後ろめたくて、その場をはなれようとしたら、うっかりデイパックをけっ飛ばしてしまった。

おとうさんがふりかえる。

「ん？　どうした？」

「あ、いや、ちょっと……。うん、なんでもない」

あわててデイパックを元の場所にもどした。

「そういえば」

おとうさんが話題を変えるようにいった。

「最近、美咲《みさき》ちゃんがあそびにこないけど、なにかあったのか」

どきりとした。

「え、えっと、美咲ちゃん、塾《じゅく》がいそがしくなっちゃったんだって」

「そうか。中学受験《じゅけん》は大変だろうからなあ」

おとうさんはあっさりと納得《なっとく》した。

ほっとしたと同時に悲しくなった。

日曜日。

スマホがコロロンと音を立てた。

道路に面した窓《まど》を開けると、真下におかあさんが立っていた。小雨が降《ふ》っていて、紫色《むらさきいろ》の傘《かさ》をさしている。

トレーナーにジーンズのラフな格好《かっこう》のおかあさんは、菜々実に手をふった。

菜々実は外階段《そとかいだん》をかけ下りた。

「いらっしゃい！　早く部屋に入って！」

おかあさんの背中《せなか》を押《お》すように階段を上がって、三階の部屋へ案内した。

ダイニングキッチン兼《けん》おとうさんの部屋の折《お》りたたみ机《づくえ》の前に、おとうさんはあぐらをかいてすわっていた。

机の上にはお茶とカステラが用意してある。三人そろってカステラを食べるのを、菜々実は楽しみにしていた。

おかあさんの顔を見ると、おとうさんはほほえんだ。

けれども、その素敵《すてき》なおとうさんの顔を見るなり、おかあさんの顔はけわしくなった。おとうさんに向きあう形で折りたたみ机の前に腰《こし》を下ろすと、いきなりこういった。

「今日からわたしが菜々実のめんどうを見ます。いいわね？」

えっ？

おかあさんが表情《ひょうじょう》を変え、にっこりとした笑顔で菜々実をふりかえった。

「おかあさんのマンションへの引《ひ》っ越《こ》しは来週にしたわよ。菜々実の部屋はきれいにしてあるから、いつでも荷物を運べるよ」

ええっ？

菜々実は目をぱちくりさせた。

引っ越し？　わたしが？　おかあさんのマンションへ？

「おとうさん、どういうこと？」

きいてもおとうさんは、顔を下に向けたまま、菜々実を見ない。

「来週から、菜々実はおかあさんと暮《く》らすの。大丈夫《だいじょうぶ》、転校しなくてもいいように手続きするから」

ええええっ？　そんな話はきいていない。

「ちょっと、まさか、菜々実になにも話してないわけ？」

菜々実がかたまっているのを見て、おかあさんがまた、けわしい顔をおとうさんに向けた。

うつむいていたおとうさんは、顔を上げるとしぼりだすようにこういった。

「菜々実、これからは、おかあさんといっしょに暮らしてくれ。ごめん、勝手にきめて。おとうさん、最近、プルクラショーハウスの出番が減《へ》ってるだろ？　だからお金がない」

ようやく菜々実は、自分の身になにが起きているのかわかった。

「どうして？　また出番をふやせばいいじゃない」

「いや、モノマネショー、夜だけになったからふやせないんだ」

「うそ！」

菜々実はさけんだ。

「お昼のモノマネショー、復活《ふっかつ》してるでしょ」

おとうさんが菜々実を見返す。

「知ってたのか」

おとうさんはため息をついた。

「そうだよ、お昼のモノマネショー、やってるんだけどね、おとうさんだけ、出番がなくなったんだ。おとうさんのモノマネ、あきられたんだね」

少し前におとうさんは、モノマネ芸は意味のあるものだといっていた。それなのに、今、あっさりと「あきられた」といった。

「モノマネなんて、いずれ限界はくると思ってた」

おかあさんが、会話に割《わ》って入ってきた。

「モノマネとコンビニのアルバイトで、この先、菜々実にきちんと教育を受けさせられるとは思えない。一定以上のお金を稼《かせ》げなかったら、中学に入る前に、菜々実はわたしと暮《く》らす。別居《べっきょ》したときに約束かわしたよね」

おかあさんがおとうさんに念《ねん》を押《お》す。

「そういうわけで、もう、菜々実といっしょにはいられない」

それからおとうさんは、右手をななめ上にあげると、とつぜん歌いだした。

♪　さよならー　さよならー　さよならーあああ
それは松波譲二《まつなみじょうじ》のヒットソング「さよならあなた」のモノマネだった。

♪　愛したのは　あなた　あなただけ　それでも　さよーなーらーあああ
おかあさんが「バカじゃないの」という顔をする。

そんなふうに、茶化しちゃえること？　菜々美の心はひどく傷《きず》ついた。

「菜々実、おかあさんの所へ行ってくれ」

歌いおわるとおとうさんは、菜々実をつき放すようにそういった。

思わず菜々実は、ひとつ、こくりとうなずいた。

おかあさんの顔が、うれしそうにはじける。

「きまりね。じゃあ、引《ひ》っ越《こ》しは予定どおり、来週の日曜日にしましょ」

菜々実はおとうさんを見つめる。

降《ふ》りつづいていた小雨がきゅうに強くなって、窓《まど》の向こうのスカイツリーがかすんでいた。それでもおとうさんは、ずっと窓の外を見つめていた。

7. 新しい生活

引《ひ》っ越《こ》しをしても転校はしなかった。

六年生の六月。小学校卒業まであと一年もない。だったら同じ小学校で、という特別な計らいがあったらしい。

でも、今の状態《じょうたい》なら、転校してもよかったかも。きらいな雛子《ひなこ》たちからの無視《むし》なんて気にしないけれど、美咲《みさき》と仲直りできていないのはきつい。

おとうさんの家を出ておかあさんと暮《く》らしはじめたことは、だれにもいっていない。知っているのは、担任《たんにん》の田口《たぐち》先生だけだ。

けれども、バス通学のためのユルリックマの定期入れを見せたり、バスからの景色についてしゃべったりする相手がいないのは、やっぱりとてもきつい。

おかあさんははりきって、菜々実《ななみ》のためにいろいろ準備をしてくれた。ベッドに勉強机《べんきょうづくえ》、洋服ダンスなどがそろえられていた。

このまえ、おかあさんのマンションに行ったとき、部屋がかたづいていたわけがわかった。

引《ひ》っ越《こ》しはすごくかんたんだった。

勉強道具と、お気に入りのマンガとユルリックマのぬいぐるみ。洋服少し。タクシーに乗せられるぐらいの量しかなかった。そしてそれらの荷物は、新しい部屋にあっという間におさまってしまった。

おかあさんとの暮《く》らしがはじまった。

今週からおかあさんは、夕食用のミールキットに挑戦《ちょうせん》している。

ミールキットは、食材の肉や野菜がセットになって袋《ふくろ》に入っている。切ったりきざんだりした後、焼くか煮《に》るかすれば料理ができあがる。

キットは二日おきに宅配《たくはい》で届《とど》く。

会社から早く帰ってきたおかあさんと、キッチンでいっしょに料理をする。

おかあさんはあぶなっかしい手つきで、ザクリザクリと白菜を切っている。

「にんじんの拍子《ひょうし》切《ぎ》りって、意味わかる？」

白菜を切りおわったおかあさんが、ミールキットに同封《どうふう》されているレシピをながめながらきいてきた。

「たしか、棒状《ぼうじょう》に切るってことだったはず」

おとうさんにきいたことがある。

――拍子切りってのは、拍子木《ひょうしぎ》みたいな形に切るってことだよ。

――ひょうしぎって？

――カチカチカチカチ火の用心って、きいたことないかな。あのカチーンって音をだす四角い棒のことだ。

おとうさんといっしょに作った、にんじんの付合せを思いだした。

拍子切《ひょうしぎ》りしたにんじんをバターで炒《いた》めて、ハンバーグの横においたっけ。

菜々実はピーラーでにんじんの皮をむいてから、四、五センチの長さに切った。それから一センチの板状《いたじょう》にして、さらに縦《たて》に一センチに切っていく。

「菜々実、上手《じょうず》ね」

おかあさんがびっくりする。

「これ、おとうさんが教えてくれて……」

いいかけて口をつぐんだ。

おとうさんとの思い出話は、今はしたくなかった。

できあがった中華丼《ちゅうかどん》と春雨《はるさめ》スープは、思ったよりもおいしかった。


菜々実は初めて塾《じゅく》に通うことになった。週に四日、私立中学受験専門の塾だ。

「中堅《ちゅうけん》以下だって、公立に行くよりいいんじゃない？　これから入塾《にゅうじゅく》できるところをさがしてきたよ」

進学塾《しんがくじゅく》のパンフレットをいくつかならべながら、おかあさんがいった。

どうせ、いろいろ変わったんだ。中学受験もしてみるかな。志望校《しぼうこう》はどこでもよかった。

少し、投げやりな気分だ。

進学塾は、美咲が通っているところとはべつのところにした。

「美咲ちゃんと同じ塾じゃなくていいの？」

おかあさんも、菜々実と美咲の間になにかあったことに気づいたようだ。けれどもそれ以上、深入りしてこなかった。

塾の場所は菊川駅《きくかわえき》の近く。向島《むこうじま》の小学校と「サニーハイム」のある清澄白河《きよすみしらかわ》の中間あたりだ。塾のある日は、学校から直接《ちょくせつ》塾へ行く。

菜々実の学校での成績《せいせき》はトップクラスだけれど、入塾時のクラス分けの学力検定《がくりょくけんてい》試験《しけん》は、まるでできなかった。

進学塾って、こんなにむずかしかったんだ。

検定《けんてい》結果、四つあるクラスのうち、いちばん下のクラスになった。

今のレベルだと「白樺女学院《しらかばじょがくいん》」あたりがようやく合格圏内《ごうかくけんない》だった。

白樺女学院って、すっごいお嬢《じょう》さま学校じゃん。ぜったい、わたしにあわない。

たしか、美咲ちゃんの志望校《しぼうこう》って、白樺女学院じゃなかったっけ？

「がんばらなくても、むりなく入れる学校にするの」

美咲がそういっていたことを思いだした。


おかあさんは、自分の部屋にこもって仕事をしている。

最近、おかあさんは会社から早く帰る分、夜おそくまで家で仕事をすることが多くなった。「リモートワーク」だそうだ。

のどがかわいたので、冷蔵庫《れいぞうこ》の麦茶を取りだしたときだった。

食器棚《しょっきだな》のいちばん下の段《だん》に、ひっそりとおかれたフォトフレームに気がついた。

フレームの写真を見た。菜々実が七歳《さい》のときの七五三の写真だった。晴れ着を着て神社で撮《と》ったものだ。

菜々実を真ん中に、スーツ姿《すがた》のおとうさんと、クリーム色のワンピースのおかあさん。菜々実の着物は赤地に金色の菊《きく》の刺繍《ししゅう》が入っていて、とてもあざやかだ。

菜々実はおすまし顔で緊張《きんちょう》している。おとうさんとおかあさんは、そろってにっこりと笑顔だ。

そのとき、フォトフレームの後ろに、光る物があるのに気がついた。明かりをうけて、鈍《にぶ》く光っている。ネックレスだ。フレームの後ろに、かくれるようにあった。シルバーで、トップについているのはオープンハートだ。

おかあさんは以前、いつもこのネックレスを着けていたから、よくおぼえている。写真の中のおかあさんも、このネックレスを着けている。べつべつに暮《く》らしてからはしていないみたいだ。

オープンハートのネックレス、おとうさんからおかあさんへのプレゼントだったのかも。そのネックレスが、七五三のときの写真といっしょにおいてある。

おかあさん、もしかして、別居《べっきょ》したこと、後悔《こうかい》しているんじゃ……。

そう思って、菜々実は首を横にふった。

そんなこと、あるわけないよね。

おかあさんの希望どおり、おとうさんが俳優《はいゆう》になれていたら、よかったのかな。


おかあさんと暮《く》らしはじめて一か月がすぎた。

もうすぐ夏休みだ。

今日の夜も、おかあさんは家で仕事をしている。

「これからZoomで会議をするから、部屋にこもるわね。ドアを開けたりしないでね」

パソコンをつかって、アメリカの会社にいる人たちと会議をするのだという。

部屋のドア越《ご》しに漏《も》れきこえてくるおかあさんの声は凛《りん》としている。しかも、日本語ではなく英語だ。

おかあさん、かっこいい。

二時間以上たってから、ようやく部屋から出てきた。もう十一時近い。

バスルームで歯をみがいていた菜々実に気づくと、おかあさんはVサインをしてみせた。

「ばっちりシステム仕様、きめたわよ。工数も金額《きんがく》も見積《みつもり》以内《いない》におさまりそうだし。こんどのプロジェクトもうまくいきそう。ちょっと自分にごほうびあげちゃおうかな～」

おかあさんはダイニングテーブルにつくと、冷蔵庫《れいぞうこ》から取りだした缶《かん》ビールを開けた。グラスに入れて一気に飲みほす。

「はー、仕事おわりのビールっておいしい！」

おかあさんはビールが好きだ。ドラマで見る「オヤジ」みたいだ。お酒に弱いおとうさんと正反対だ。

「じゃあ、わたしもちょっと飲んじゃおうかな」

歯をみがいた後だったけれど、ジュースを飲むことにした。おかあさんの向かい側にすわると、グラスにオレンジジュースを注《そそ》いだ。

「乾杯《かんぱい》！」

ふたりでグラスをカチリとあわせた。

「すごく、幸せな気分」

おかあさんはあっというまに缶《かん》ビール一本を飲んでしまうと、二本目を開けた。

「お仕事、うまくいってよかったね」

菜々実がいうと、おかあさんは首を横にふった。

「ありがとう。でも、こうしていっしょによろこんでくれる人がいるのが、なによりうれしい。菜々実がいてよかった」

おかあさんは少し酔《よ》っぱらってきたようだ。

「でも、菜々実がこんなにいい子に育つ間、おかあさん、あんまりいっしょにいなかったよね。ごめんね」

「だって、おとうさんがいたから」

意外にも、おかあさんは素直《すなお》にうなずいた。

「だよね。おとうさんが家で菜々実のめんどうを見てくれたから、安心して仕事ばかりしてた……」

それから、ふっと息をついた。

「おかあさんさぁ、今はシステムエンジニアやってるけど、ほんとはイラストレーターになりたかったんだよ」

「えっ、そうなの？」

「菜々実みたいにマンガもアニメも好きだったし、中学生、高校生のころはイラストばっかり描《か》いていたんだ」

初めてきく話だった。

「大学も美大に行きたかったんだけどね。親に……菜々実のおじいちゃんおばあちゃんね、反対されて。美大なんて就職《しゅうしょく》に不利だって」

おかあさんの方のおじいちゃん、おばあちゃんは、愛媛《えひめ》に住んでいる。ほとんど会ったことがない。おかあさんと仲が悪いのだ。

「だからふつうの大学に行って、システム会社に就職《しゅうしょく》して。結果として、今の会社はおかあさんにけっこうあっていたからよかったんだけど」

おかあさんも、自分の夢《ゆめ》のとおりにはならなかったってことなのかな。おとうさんと同じで。

おとうさん、どうしてるかな。

おかあさんと暮《く》らしはじめてから、まだいちどもおとうさんと会っていなかった。

おとうさん、どうしてLINEくれないんだろう。

菜々実はため息をついた。

8. シャケのおにぎり

今日は塾《じゅく》のない日だった。

塾のない日は、学校から家にまっすぐ帰るきまりだ。けれども、校門を出たところで菜々実《ななみ》は立ち止まった。

アパートへ行ってみよう。

おとうさんが家にいるかもしれない。おとうさんに会いたい。

そう気づいたとたん、アパートの方へ走りだしていた。朝から降《ふ》っていた雨がやんだので思いきり走れた。

「プチメゾンさくら」が見えたとき、胸《むね》が高鳴った。あたりまえだったはずの景色は、なつかしいけれど新鮮《しんせん》に見えた。

窓《まど》にはカーテンがきっちりと引かれている。

外階段《そとかいだん》をのぼって部屋のドアをたたく。

ついこの間まで住んでいたところなのに、お客さんのようだ。なんだか変な感じだ。

「おとうさん」

ドアの外から声をかけ、ドアノブをまわしてみると鍵《かぎ》がかかっていた。鍵は持ってきていない。

プルクラショーハウスにいるのかも。

言問橋《こといばし》を走ってわたった。

ビルに着くと非常階段《ひじょうかいだん》をかけ上がる。階段を一階ずつ上がるたびに、徐々《じょじょ》にスカイツリーの姿《すがた》が見えてくる。この感覚がなつかしい。

「菜々実ちゃん！」

五階の踊《おど》り場《ば》に着くなり、ゲンさんに声をかけられた。

「こんにちは。おとうさん、今日、ショーに出る？」

菜々実がたずねると、ゲンさんが「えっ」といった。

「マツジョーさん、やめちゃったよ。昨日が最後のショーだったんだよ」

「や、やめちゃったって？」

びっくりした。

出番が少なくなったといっても、やめるなんて思っていなかった。

「菜々実ちゃんになにもいってないの？」

「あの、わたし、おとうさんとしばらく会ってないの」

菜々実は、ここしばらくのことをゲンさんに説明した。

「そうだったの。菜々実ちゃんがいなくなって、マツジョーさん、さびしいことだろうなあ」

ゲンさんはため息をついた。

「マツジョーさん、どうしたもんかねぇ。まだまだ人気もあったのに。もったいない」

「えっ、おとうさんのモノマネ、あきられたんじゃないの？」

ゲンさんは首をかしげた。

「ちがうよ。マツジョーさんは、自分から出番を減《へ》らしたんだ。お昼のモノマネが復活《ふっかつ》したときにも、『もう、昼には出演《しゅつえん》しない』っていったんだよ」

「おとうさん、今、どうしてるの？　ゲンさん、知ってる？」

ゲンさんは、また首をかしげた。

「隅田川《すみだがわ》テラスのカフェで働いているはずだ。プルクラショーハウスをやめる少し前から、かけもちしていたから」

「ありがとう、ゲンさん！」

そういうなり、菜々実は非常階段《ひじょうかいだん》をかけ下りた。

いろいろとわからないことだらけだ。

おとうさんに会って、ちゃんときかなくては。

隅田川テラスのカフェ。

菜々実には、お店のあたりがついていた。コーヒーとサンドイッチが売りの「スカイカフェ」だ。

浅草《あさくさ》側の隅田川遊歩道にあるカフェからは、スカイツリーが真正面に見える。

おとうさん、あの場所を気に入っていたっけ。

遊歩道をのんびりと歩く観光客をすり抜《ぬ》けるように、菜々実は走った。

息を切らしながら、壁《かべ》がガラス張《ば》りのおしゃれなカフェの中をのぞく。

カウンターにおとうさんが見えた。

白いコックコートを着て、エンジ色の長いエプロンをつけて、エプロンと同じ色のバンダナキャップをかぶっている。コーヒーを淹《い》れていた。

となりにおとうさんと同じ格好《かっこう》をした若者《わかもの》がいた。やはりコーヒーを淹れている。

もうふたり、女性の店員がちらっと見えた。

三十席ほどの店内は満席で、とてもいそがしそうだ。

店に入ろうとしていたカップルにきいてみた。

「あの、このお店、人気なんですか？」

「おにぎりがおいしいって、ＳＮＳで話題なんだ」

「おにぎり？」

もういちど中をのぞく。

ショーケースの中に、サンドイッチやおにぎりがきれいにならんでいた。

カフェでおにぎり？

そこに、法被《はっぴ》に股引《ももひ》き姿《すがた》の青年がやってきた。

浅草の観光名物、人力車の車夫だ。少しはなれたところに人力車がおいてある。

「お、よかった、まだおにぎり、売ってるぞ」

カフェに入っていき、すぐにおにぎりを手に出てきた。

“Hello, Here is the SHAKE ONIGIRI?”

突然《とつぜん》、外国人の男女ふたり連れに話しかけられて、菜々実はぎょっとした。

“SHAKE ONIGIRI? Here? Can we eat?”

「おにぎり」ってきこえるけど、早口で、あとはよくききとれない。

“Yes, Yes”

そばでおにぎりをほおばっていた車夫がきて答えてくれた。

外人さんたちは、「よかった」というようにうなずくと店に入り、おにぎりを手にして出てきた。

“Would you like “JIN RIKISHA”? Japanese man-powered vehicle. Very very exciting!”

車夫は外人さんたちに、熱心に話をはじめた。しきりに人力車を指さしている。

“OK, OK”

商談成立したらしい。

菜々実は人力車を見送ると、もういちどカフェの中をのぞいた。そして、ショーケースの上に、大きなメニューボードがおいてあるのに気がついた。

【おにぎり　お品書き】
並《なみ》おにぎり　『シャケほぐし身がたっぷり』
上おにぎり　『シャケ炙《あぶ》りハラスがまったり』
特上おにぎり　『スモークサーモンがぺったり』

並おにぎり——シャケのほぐし身のおにぎり？

菜々実がおとうさんのために作っていたおにぎりだ。

あのおにぎりと同じものを売っている？

中に入ってみたいが、この店は、小学生ひとりでは入れない。

店の裏手《うらて》にまわった。通用口らしきドアがある。

あのドアから入れるかな？　と思ったとき、ドアが開いて、カフェのエプロン姿《すがた》のおねえさんが出てきた。通用口の前に積《つ》んであったジュースのケースを持って、また店の中にもどっていった。

ここにいれば、おとうさんが出てくるかも。などと考えていたら、なんと通用口のドアから、おとうさんと、おにいさんが出てきた。

とっさに菜々実は、壁《かべ》の向こう側に身をかくした。そっと首をのばし、声の方をうかがう。ふたりはドアの横にあるスツールにすわって、しゃべっていた。休憩《きゅうけい》時間なのだろうか。

「今日もなかなかハードだったっすね」

「大変だったよね。乾《いぬい》くん、先に着替《きが》えていいよ」

「あざっす。お先です」

「乾くん」とよばれたおにいさんは、ドアを開けると中に入っていき、すぐに出てきた。Tシャツとジーンズに変わっていた。

「お待たせしました。須崎《すざき》さんもどうぞ」

そういいながら、乾くんはスマホをいじくっている。

通用口から出てきたおとうさんは、ポロシャツにスラックスだ。

「あれ、乾くん、まだ帰らなかったの」

「今日はバイトのかけもち、ない日なんで」

「大学生なのに、バイトばかりでたいへんだね」

「学費を稼《かせ》がないといけないんで。須崎さんこそ、今日は用事がある日では？」

「まだ少し時間があるから、ちょっとここで休んでいくよ」

乾くんはスマホをボディバックにしまった。

「でも、あれっす。須崎さん、才能《さいのう》あるって、おれ、思います。この間、仕込《しこ》み時間のときに歌ってたやつ。松波譲二《まつなみじょうじ》の歌。ＹｏｕＴｕｂｅでアイドル演歌歌手《えんかかしゅ》だったときの動画見たら、そっくりでびっくりしたっすよ」

おとうさんは、照れたように、右手の人さし指でほほをなでた。

「だから、あれっす。その才能、カフェの宣伝《せんでん》に使えるって思うんすよね。カフェの前で、松波譲二のモノマネをしてみたらどうかなって。ライブカフェなんて、話題になりそうです」

おとうさんは苦笑して、首を横にふった。

「そんなことのために、モノマネはできないよ」

「そうなんすか？　じゃあ、ＹｏｕＴｕｂｅにアップしてみたらどうです？　稼げそうな気がします」

おとうさんはまた、首を横にふった。

「モノマネってのは、もっと、きちんとした気持ちで向き合うべきものじゃないかな。そんな小遣《こづか》い稼《かせ》ぎのようなことはしたくないな」

「へーっ、須崎さんってストイックなんですね」

乾くんは立ち上がった。

「じゃ、おれ行きますわ。明日は夜のシフトなんで、つぎにお会いするのはあさってです」

「またよろしくな」

おとうさんは、遊歩道を歩いていく乾くんに手をふった。

そして、菜々実に気づいた。

「菜々実……」

スツールから立ち上がったおとうさんに、菜々実はかけよった。

「どうしたんだ、きゅうに。こんなところにくるなんて」

おとうさんは笑顔だった。

「だって、おとうさん、連絡《れんらく》くれなかったもん。わたしのこと、きらいになったのかと思った」

おとうさんに抱《だ》きついた。

「そんなこと、あるわけないだろう。時間があいちゃってごめんな。少しばたばたしていたんだ」

おとうさんの変わらない笑顔を見ていると、とてもほっとする。

「学校の帰りにプルクラショーハウスに行って、ゲンさんにいろいろきいた」

「少し前から、昼間はここでアルバイトしてたんだ。コンビニよりもこっちの方がお金になるから」

「どうしてプルクラショーハウスやめたの？　ゲンさんがいってた。マツジョーはまだまだ人気があったって。あきられてなんかいなかったって」

おとうさんは、ゆっくりと首を横にふった。

「モノマネは本家がいないと成り立たない。これは事実だ。ただのコピーじゃない、リスペクトしている、といっても、その事実は変わらない。そして、おとうさんも、いつかは「松波譲二」になれない日がくる。あと十年もしたら、さすがに二十代の若者《わかもの》のモノマネはできないだろう。だからモノマネをやめることにした」

おとうさんは菜々実の体をそっとはなした。

「さて、そろそろ行く時間だ」

「どこへ行くの？」

「アクターズスクール。芸能《げいのう》プロダクションがやっている、俳優養成所《はいゆうようせいじょ》の夜間クラスだ。週に四回通ってる」

「俳優養成所？」

「スクールはスカイツリーのそばだから、押上駅《おしあげえき》までいっしょに歩こう。菜々実はそこから地下鉄に乗ればいい」

「おとうさん、俳優《はいゆう》になるの？」

「もういちど、夢《ゆめ》に向かってみようって。菜々実がおかあさんのところへ行くタイミングが、ちょうどそのときだと思った」

「だったら、正直にそういってくれればよかったのに……」

「この歳《とし》になって『仕事をやめて俳優をめざす』なんて、なかなかいえることではないからな。モノマネへの未練も断《た》ち切《き》りたかったし」

歩きながら少し遠い目をしてつづけた。

「モノマネをやめたら自分になにがのこるか、ほんとうにやりたかったことはなんだったか。あらためて考えてみたら、やっぱり俳優になりたかったなって。たくさんの人の前に立ちたかった。いろいろなだれかを演《えん》じたかった。何年も前に芸能《げいのう》プロダクションをやめてしまったけれど、俳優の勉強をしなおして、また、舞台《ぶたい》やドラマのオーディションを受けようと思った」

一気にしゃべってから、おとうさんは照れたように苦笑いした。

「こんなことを娘《むすめ》に話すなんて、かっこ悪い父親だな」

菜々実は首をぶんぶんふった。

「そんなことないよ。だっておとうさん、本気なんでしょう」

「ああ、本気だ」

おとうさんとならんで言問橋《ことといばし》をわたった。

橋の向こうに、スカイツリーが真正面にどーんと見える。雨上がりの空気は澄《す》んでいて、格子状《こうしじょう》の白い姿《すがた》は、いつもよりもくっきりときれいに見えた。

「そうだ、シャケのおにぎりってなに?」

菜々実は、もうひとつ気になっていたことをきいた。

「スカイカフェって、サンドイッチのお店だったよね。いつからおにぎりを売るよ

6

うになったの？」

「カフェの新メニューだ。浅草は外国人観光客が多い。隅田川テラスにもたくさんの外人さんがくる。だったら、日本らしいメニューを出したいと思って。真っ先に思いついたのが、菜々実のにぎってくれたおにぎりだったよ」

シャケのほぐし身のおにぎりは、ほんとに菜々実のおにぎり由来《ゆらい》だったのだ。

「調理師免許《ちょうりしめんきょ》が役に立ったよ。アルバイトなのに新メニューを提案《ていあん》したら、店長があっさりOKだしてくれて。焼きハラスを入れたり、スモークサーモンを巻《ま》いたり、ちょっとアレンジしたら人気がでてきてね。でもいちばんおいしいのは、やっぱりシャケのほぐし身だ」

おとうさんともっといろいろ話をしたかったけれど、押上駅に着いてしまった。

「じゃあ、おとうさん、これからレッスンだから。気をつけて帰れよ」

「うん……、おとうさん、がんばってね」

「こんど、ちゃんとデートをしよう」

「ＬＩＮＥ送って」

おとうさんに手をふって、地下鉄入口の階段《かいだん》を下りた。

踊《おど》り場《ば》で立ち止まってふりかえると、おとうさんはまだそこに立っていた。もういちど手をふって、改札口まで下りた。もうここからは地上は見えない。

菜々実は心の中でいった。

（おとうさん、素敵《すてき》だよ）

それから声にだしていった。

「おとうさん、大好きだよ」

9. 菜々実《ななみ》の反省《はんせい》

菜々実は反省していた。

おとうさんもおかあさんも、いろいろ考えて自分の道を歩んでいる。それなのに自分は、ながされるままに生活しているみたいだ。

おかあさんと暮《く》らすことにしたのも。

進学塾《しんがくじゅく》に通いはじめたことも。

そして、美咲《みさき》との間にみぞができたままのことも。

この現状《げんじょう》、変えなくてはいけない。

美咲ちゃんからあやまりにくるのを待つなんて、そもそもそれがまちがってたんだ。自分から仲直りをして、おとうさんのこともちゃんと話そう。

翌朝《よくあさ》、教室に入るとすぐに美咲の席を見た。美咲のまわりには「雛子《ひなこ》グループ」がいない。いそいで美咲の席に行こうとしたら、菜々実の前に雛子が立ちはだかった。

「どいてよ、間宮《まみや》さん」

「なによ、わたし、これから菊池《きくち》さんと話をするだけなんだけど」

「わたしだって美咲ちゃんに話があるの。なんでじゃまするの」

「じゃまなんてしてないよ。それに菊池さん、須崎《すざき》さんとは話したくないんじゃないの？」

美咲がうつむく。そして小さくこくりとうなずいた。

「ほらね」

雛子が笑う。

けれども美咲がそっと顔を上げ、菜々実にちらっと目を向けたことに、菜々実は気づいた。

「サニーハイム」に帰ってから菜々実は決意した。美咲にＬＩＮＥを送ろう。ＬＩＮＥでも無視《むし》されたら立ち直れなくなりそうだけど、このままなにもしないのはぜったいだめだ。

美咲ちゃんとＬＩＮＥやっておけばよかった。

友達登録を拒否《きょひ》されたら、ものすごくショックだ。

でも、美咲と仲直りしたい。友達登録を送信した。

しばらくスマホの画面を見つめていたが、反応《はんのう》はなかった。

そんなにすぐ、返信してくれないか。

ため息をついて、スマホを机《つくえ》の上においたときだった。

コロロンと音がして、メッセージが届《とど》いた。いそいでスマホを見る。

「ごめんね」

美咲のメッセージ――ごめんね――は、どういう意味なのか。「友達登録できない」とも「いままでごめんね」とも受け取れる。

けれども、まよわず菜々実は美咲に電話をかけた。

「もしもし」

発信音の後に、美咲の声がきこえたとき。

「美咲ちゃん！　美咲ちゃん！」

菜々実はさけんでいた。

「話したかったよ！　ずっと」

「ごめんね。ずっと菜々実ちゃんを無視《むし》していて……。ほんとうにごめん」

美咲の言葉がうれしくてうれしくて、胸《むね》がいっぱいになった。

「菜々実ちゃん、今からうちにこない？　今日、わたし、塾《じゅく》のない日なの」

「行く行く！　わたしも塾のない日なの。ちょっと時間かかるけど」

「え？　塾？　時間がかかるって？」

電話の向こうで、美咲の不思議《ふしぎ》そうな声がする。

そう、美咲はまだ、ここしばらくの間に起きた菜々実の生活の変化を知らないのだ。話したいことがたくさんある。


美咲のマンションへ行くのはひさしぶりだ。

マンションの入口で、美咲は菜々実を待っていてくれた。

「美咲ちゃん！」

菜々実は美咲に抱《だ》きついた。

「お、重いよぉ」

いきおいに押《お》されて、美咲はよろめいた。

なじみのあるマンションのエレベーターに乗り、美咲の部屋に入る。またここにこられてとてもうれしい。

「ごめんね。菜々実ちゃん。わたし、間宮さんがこわかったの」

菜々実と話をしたら美咲のことも無視《むし》する、といわれたのだそうだ。間宮雛子はひどい。そこまで自分の思いを通したいのか、と思ってしまう。

「わたし、菜々実ちゃんみたいに勇気がなかったから……。いうことをきいちゃった」

「ちがうよ。美咲ちゃんは悪くない。それ、間宮さんが悪いんだから」

「それに、菜々実ちゃんのおとうさんのこと、悪くいった。じつはね、おとといの夜、見に行ったの。ママと。菜々実ちゃんのおとうさんのショーを」

「ええっ」

「実際《じっさい》のショーを見たわけでもないのに、ちょっと動画を見ただけだったのに、菜々実ちゃんにひどいことをいった。だから、ちゃんと自分の目でたしかめようと思ったの。おとといは『マツジョーさん、さよなら公演』だったよ。菜々実ちゃんのおとうさん、モノマネ、やめちゃうんだね」

びっくりしすぎて、返す言葉が見つからない。

「ママはすごく楽しんでいた。それに……えっと、変なおばさんたちもたくさんいたけど、ふつうにショーを楽しんでたよ」

美咲は、首を横にかたむけながら、ゆっくりと話す。

「ママね、『モノマネって魔法《まほう》だね』っていってた。『あのころの松波譲二《まつなみじょうじ》に、また会えるなんて思ってなかった。アイドル松波譲二に夢中《むちゅう》だった高校生のころを思いだした。楽しかった思い出が、つぎつぎと目の前によみがえった』って」

おとうさんからきいたとおりだった。

――モノマネは、見る人たちに素敵《すてき》な記憶《きおく》を思い起こさせる魔法だ。松波譲二が若《わか》かったころの姿《すがた》を見て、お客さんたちにその当時の幸せな気持ちを思いだしてもらえたらって思っている――

「わたしは松波譲二を知らないけれど、菜々実ちゃんのおとうさんの歌、とても上手《じょうず》だと思ったし、きいていて楽しかった。マネとモノマネを混同《こんどう》している間宮さんはまちがっているって思った。そもそも菜々実ちゃんは、マネなんてしていないし」

美咲は顔を赤らめた。

「いつも、今日こそは、間宮さんにいい返そうと思っていたのに、けっきょく、なにもいえなくて……。わたし、ほんとうにだめで……」

美咲の声が、消え入りそうになった。

「美咲ちゃんは悪くない」

もういちど、菜々実はそういった。

「おとうさんが、知らないおばさんの手にキスするところ、わたしもすっごくいやだったんだ。でも、あれはモノマネのショーの仕事のひとつなんだと思えるようになった。だって、俳優《はいゆう》になったら、女優《じょゆう》と本物のキスシーンとか、えっと、もっとすごいのもあるかもだから」

「え？　俳優？　菜々実ちゃんのおとうさん、俳優になるの？」

「おとうさん、若いころの夢《ゆめ》だった俳優に、もういちど挑戦《ちょうせん》するんだ。だからモノマネやめて、アクターズスクールに通ってる」

「イケメンだもんね、菜々実ちゃんのおとうさん。うまくいくといいね」

おとうさんの話だけでなく、おかあさんのことや、新しい生活のことや、進学塾《しんがくじゅく》のこととか、話すことがいっぱいありすぎて、時間がいくらあっても足りない。

話が一段落《いちだんらく》してから、あらためて菜々実がいった。

「おとうさんもおかあさんもがんばってるから、わたしもがんばんなきゃって思ってるんだ。だから、なんとなくはじめた中学受験《じゅけん》、本気だしてみる。美咲ちゃんの志望校《しぼうこう》って「白樺女学院《しらかばじょがくいん》」だよね？」

「そうだよ。ちょうどわたしの成績《せいせき》にあっているから」

「「松涛学園《しょうとうがくえん》」に変更《へんこう》しない？　わたし、松涛学園を志望校にするんだ。同じ中学にしようよ。女子校じゃなくて共学だけど」

「えーっ、松涛学園って、白樺女学院よりも、偏差値《へんさち》ちょっと高くない？　共学でもべつにいいけど、わたしにはむりかも」

「今のわたしにもむりなんだけど、そこをがんばろうって思う。松涛学園にはイラスト部があるんだ。高等部は「まんが甲子園《こうしえん》」に出たこともあるんだってよ。こっちの方がよくない？」

「イラスト部かぁ。まんが甲子園かぁ。いいなぁ」

「でしょでしょ。『行けるところ』じゃなくて『行きたいところ』へ行こうよ」

自分でいうとその気になる。

「塾《じゅく》も変える。美咲ちゃんの通っている塾にするよ。だからいっしょにがんばろう」

翌日《よくじつ》、菜々実は美咲と校門で待ち合わせをした。そして、ふたりそろって教室に入った。

教室の真ん中で、雛子が「雛子グループ」の女子たちとワイワイやっている。菜々実と美咲は、雛子たちのところへ行った。

(なによ?)という目で、雛子がこちらを見る。

「わたしたち、仲直りしたから」

菜々実は雛子の目をまっすぐに見て、はっきりといった。菜々実の後ろで美咲が大きくうなずく。

「だから、もう、美咲ちゃんをいじめないで」

「いじめる？　なんのこと？」

雛子はとぼけたが、菜々実は、あえてそこはつっこまなかった。

「わたしは間宮さんのマネなんかしていない。そして、マネとモノマネはちがうの」

雛子に向かって宣言《せんげん》すると、自分の席についた。美咲も自席にすわる。

菜々実と美咲は、おたがいの席から視線《しせん》をあわせて、にっこり笑った。

10. 未来へ向《む》かって

夏休みになった。

太陽がぎらぎらと照りつけ、むちゃくちゃ暑い日々がやってきた。

けれども今年の夏休み、雨でも晴れでも、暑くても寒くても、どうでもよかった。

中学受験《じゅけん》の夏期講習《かきこうしゅう》があるからだ。

夏休みに宿題以外の勉強をするのは、菜々実《ななみ》には初めての経験《けいけん》だった。

塾《じゅく》は美咲《みさき》と同じところに変えた。

「菜々実ちゃん、先週の模試《もし》、どうだった?」

「うーん、松涛学園《しょうとうがくえん》の合格ラインにあと一歩ってところ」

「わたし、初めて合格ラインを超《こ》えた。うれしい」

「いいなあ。美咲ちゃん。うらやましい」

「だって、わたしの方が、ずっと長く塾に通ってるんだもん。菜々実ちゃん、受験勉強はじめたばっかりなのにすごいよ」

「松涛学園にしようといったのはわたしだもん。がんばらなきゃだもん」

塾でのお昼ごはんはコンビニのお弁当だ。おかあさんは料理が苦手《にがて》だからしかたがない。

進学塾のまわりには、セブン、ファミマ、ローソンと、コンビニはひととおりそろっている。毎日、あちこちのコンビニに行って、あれこれ買った。

ところが、夏期講習がはじまって二週間もたつと、だんだんとあきてきた。

コテコテの焼肉弁当とか中華弁当《ちゅうかべんとう》よりも、あっさりしたものが食べたくなる。おにぎりとか。

で、おにぎりっていったら、買うものじゃなく、作るものよね。

そう思い立って、今朝は早起きをして、ひさしぶりにお弁当を作った。

シャケのおにぎりだ。まだおかあさんが寝《ね》ている時間におかあさんの分も作った。

「えーっ、菜々実が作ってくれたの？　お弁当？　うれしい！　すっごく」

遅刻《ちこく》ぎりぎりに起きてきたおかあさんは、ランチバッグに入ったお弁当を見て、むっちゃくちゃよろこんでくれた。

「今日のランチタイムがすっごく楽しみだよ。ああ、こんな娘《むすめ》がいてくれて幸せ」

「シャケおにぎり、得意なんだ。また作ってあげるよ」

おかあさんのために、これからもときどきおにぎりを作ろう。おとうさんがカフェで作っているおにぎりに、負けないようなやつを。

そのときスマホがコロロンと鳴った。

おとうさんからのＬＩＮＥだ！

おとうさんのことを思ったら、おとうさんから連絡《れんらく》がきた。

『夏期講習《かきこうしゅう》の休みの日はいつだ？』

おとうさんとはカフェの仕事がおわったあと、二週間にいちどぐらい会っている。

カフェから駅まで話しながら歩く。

『来週の木曜日から三日間、お盆《ぼん》でお休みだよ』

『じゃあ、木曜日にデートしよう』

『ＯＫ』


おとうさんとのデートの日がきた。

浅草寺《せんそうじ》の雷門《かみなりもん》の前で待ち合わせだ。

夏休みの浅草は、いつにもまして観光客でにぎやかだ。

貸浴衣《かしゆかた》を着て写真を撮《と》る人、人力車のよびこみ、雷《かみなり》おこし屋の行列、そんなにぎわいを撮るテレビ局のスタッフ――。

「暑いから冷たいものが食べたい！」

菜々実がいうと、おとうさんがうなずく。

「抹茶《まっちゃ》ソフトはどうだ？」

「いいね！　おとうさん、抹茶、好きだもんね」

テイクアウトのスイーツ屋さんで、抹茶ソフトと抹茶ジュースをたのんだ。まわりを見ると、抹茶ソフトを食べている外人観光客が多い。

「抹茶スイーツって、外人さんに人気なんだ。とくに中国の人。「スカイカフェ」でも抹茶ミルクがよく出るんだよな。抹茶をつかったおにぎり、作れないかなあ」

おとうさんが抹茶ジュースを飲みながらいう。

「うぐいすパンみたいに、抹茶餡《まっちゃあん》を入れたおにぎりとか。スイーツっぽくて斬新《ざんしん》かも」

「中じゃなくて、おにぎりのまわりに、抹茶の粉をふりかけたらどうかな」

「それじゃ、抹茶のおはぎじゃん」

「そうか、おはぎか。おはぎを売るってのもいいなあ」

「おはぎって食べにくいんじゃない？　はやらないと思うけどな」

そんなことをしゃべりながら、おとうさんとぶらぶら歩くのが楽しい。浅草駅前《あさくさえきまえ》近くにくると、プルクラショーハウスのビルが見えた。

あの非常階段《ひじょうかいだん》、なんどもかけ上がったなぁ。

五階の踊《おど》り場《ば》に、マドカリンさんがいるような気がする。

「みんな、元気にやってるかな」

おとうさんがつぶやいた。

菜々実もおとうさんも、あの場所へ行くことはにどとないだろう。

「最近、俳優《はいゆう》の勉強はどんな感じ？」

「このまえ、舞台《ぶたい》のオーディションを受けたよ。スクールの推薦《すいせん》でね。小さな劇団《げきだん》のお芝居《しばい》だけれど」

「えっ、お芝居に出るの？　行く行く！　見に行く！」

「受かったら、だけどな」

浅草の街《まち》をぬけて、隅田川《すみだがわ》テラスに出た。スカイカフェの前で立ち止まる。

今日はおとうさんの代わりに、シフトに入っているおねえさんが働いている。

おにいさんの方は、いつもの大学生、乾《いぬい》くんだ。

「さて、今日の夕食は何がいい？」

夕食はいつも、「プチメゾンさくら」でおとうさんの手料理ときまっている。

「オムライスがいいな」

「また、オムライスか」

「だっておとうさんのオムライス、最高だもん」


折《お》りたたみ机《づくえ》の上に、オムライスとサラダとワカメスープがならんだ。

ワカメスープがついているところ、ちょっとグレードアップしている。

「卵《たまご》とろとろ！　おいしーい」

よろこんで食べる菜々実の姿《すがた》に、おとうさんが笑う。

そのとき、おとうさんの携帯《けいたい》が鳴った。

番号を見たおとうさんが「おっ」という顔をする。

「もしもし、須崎《すざき》です。はい、そうです。はい。あ、はい、ほんとですか！　ありがとうございます。がんばります。わざわざご連絡《れんらく》、ありがとうございました」

お仕事口調で電話を切ると、菜々実に向かってにこっと笑った。

「合格《ごうかく》だ！」

おとうさんが親指を立てた。

「スクールからの連絡だった。オーディション、合格だって。下北沢《しもきたざわ》の劇場《げきじょう》の舞台《ぶたい》で、二十人の出演者《しゅつえんしゃ》のひとりに選ばれた」

昼間、おとうさんがいってたやつだ。

「やったじゃん！　おめでとう。いつ？　いつお芝居《しばい》やるの？」

「もうしばらく先。来年二月。菜々実の受験《じゅけん》が終わったころだ。これから練習に入る。小さな劇場の小さな役だけど精《せい》いっぱいやるよ」

「わたし、見に行く！　ぜったい、見に行く！」

「ああ、見にきてくれ。ぜひきてくれよ」

それからひとりごとのように、しみじみといった。

「大学卒業前に、役者目指して大手の芸能《げいのう》プロダクションのオーディションを受けたときは、若《わか》さとルックスだけにたよっていた。芸の稽古《けいこ》は中途半端《ちゅうとはんぱ》だった。今ならわかる。ドラマの端役《はやく》に出て、それっきりになったわけが」

おとうさんはひっそりと笑った。

「マツジョーをやったからわかったんだ。どうしたらお客さんはよろこんでくれるのか、どうしたら本家・松波譲二《まつなみじょうじ》の素敵《すてき》なところを表現《ひょうげん》できるのか。毎日ずっと真剣《しんけん》に向き合っていた。プルクラショーハウスがあったから、今があるんだ」

それが「リスペクト」っていうことなのかな。

菜々実は以前、おとうさんがいっていた言葉を思いだした。あのときはむずかしかった言葉が、今は胸《むね》にすとん、と落ちた。

「公演《こうえん》の日が楽しみ！」

そのときは、おかあさんもさそっていこう。

「サニーハイム」に帰る時間になった。
バス停までおとうさんと歩く。
「勉強、がんばれよ」
おとうさんはいつもと変わらないけれど、ちょっとうきうきとした感じだ。
バスに乗り、いちばん後ろのシートにすわって、窓《まど》ごしに手をふった。
すぐに姿《すがた》が見えなくなる。
今日、おとうさんには話さなかったけれど、おかあさんにもいいことがあった。
部長になることがきまったのだ。
しゃべろうかと思ったけれどやめた。
たぶん、なにかのタイミングで、おかあさんがおとうさんに話すだろうから。
わたしも未来に向かってがんばろう。

四月。

真新しい制服を着て、菜々実は桜並木《さくらなみき》を歩いていた。

最寄《もよ》りの駅から松涛学園《しょうとうがくえん》の正門につづく桜並木だ。

道の両脇《りょうわき》に百メートルもつづく桜の木は、ゆったりと枝《えだ》を広げている。花はおわり、やわらかな薄緑色《うすみどりいろ》の葉が風にゆれている。

中学校の制服はブレザースーツだ。

これから背《せ》がのびるだろうからと、制服を大きめに作ったため、スカートもゆったりしている。明日からはズボンにしよう。

松涛学園の制服のいいところは、女子の制服は、スカートでもズボンでも自由にえらべるのだ。

すぐ横を、両親といっしょに男子が歩いていく。

男子のブレザースーツの胸元《むなもと》は、リボンではなくネクタイだ。

「制服がよく似合《にあ》ってる。菜々実、すっかり大人《おとな》っぽくなったなあ」

左どなりを歩いていたおとうさんが、しみじみといった。

そういうおとうさんも、今日はグレーのスーツ姿《すがた》だ。

「ブレザーは地味かと思っていたけど、きりっとしていいわね」

右どなりを歩いていたおかあさんは、うきうきしている。

ベージュのパンツスーツでビシッときめている。会社へ行くときと変わらない。

今日は松涛学園の入学式だ
入学式会場に向かって、家族三人でならんで歩いている。

「菜々実ちゃーん！」

後ろから声をかけられた。

美咲が手をふりながらこちらに走ってくる。

美咲の後ろで美咲の両親がやはりスーツを着て、にこにこと美咲の後ろ姿を見つめていた。

「もっと早くこようと思ったのに！　電車に乗りおくれちゃって。松涛学園、ちょっ

とうちから遠いから。菜々実ちゃんちからは近くていいね」

「うん！　ここから歩いて十分ちょっと。放課後、ちょくちょく遊びにきてよ」

「行く行く！」

そういってから、美咲は、菜々実のおとうさんとおかあさんの顔を交互《こうご》に見て、ぺこりとおじぎをした。

「ときどきおじゃましますが、よろしくおねがいします」

一瞬《いっしゅん》、おたがいの顔を見あわせて、それから美咲にうなずいた。

「どうぞ。いつでもいらっしゃい」

ふたりの声がハモって、菜々実の胸《むね》がキュンとなった。

菜々実の入学を機に、おかあさんは新しいマンションに引《ひ》っ越《こ》すことにした。しかも、おとうさんもいっしょに、だ。

松涛学園の合格発表があって、二週間ほどすぎたある日。

「松涛学園のそばに引っ越すから。菜々実が通学しやすいように」

と聞かされたとき、

『プチメゾンさくら、建《た》て替《か》えることになって、退去《たいきょ》することにした』

おとうさんから、ＬＩＮＥでメッセージがきた。そして、おとうさんが書いてきた住所は、菜々実たちの新住所とおなじだったのだ。

三人でいっしょに暮《く》らしはじめて、一か月がすぎた。

四年ぶりに、家族三人で暮らすことになるまでに、ふたりの間でどんなやりとりがあったのかは、教えてもらえなかった。「大人《おとな》の事情《じじょう》」だそうだ。

ただし、同居《どうきょ》するにあたって、おとうさんとおかあさんは菜々実の前で、「取り決め」を交わした。

シンプルな内容だった。

●おとうさんはモノマネの仕事にもどらない。初心をわすれない仕事をする。

●おかあさんは仕事から早く帰る日を作る。帰宅《きたく》後仕事をしない。

まだ同居をはじめることになる前のこと。菜々実はおかあさんといっしょに、おとうさんの「俳優再開初舞台《はいゆうさいかいはつぶたい》」を見にいった。

「ほんとに俳優を目指しているんだ。つづくようにがんばればいいのじゃない」

そっけない感じでそういいながら、おかあさんは、すごくうれしそうに楽しそうに、舞台を見つめていた。

おとうさんは、「スクールを卒業したら、正式にプロダクション契約《けいやく》ができそう」といっている。

プロダクション契約ってことは、「初心をわすれない仕事に就《つ》く」ことになるね。

そういったら、

「ま、同居の取り決めだからな」

おとうさんは、すました顔でそういった。

アクターズスクールのレッスンがない日の夕食は、おとうさんが作る。

ハンバーグとか肉じゃがとか、おかあさんの好きなおかずがならぶ。そしてかならず、ビールの大瓶《おおびん》が一本つく。

おとうさんが夕食を作る日は、おかあさんはいつもよりも早く帰宅《きたく》する。食べおわった後、しばらくそのまま、ダイニングキッチンでみんなでテレビを見ている。部屋にこもって仕事をしたりしない。

「同居《どうきょ》の取り決めを守っているの」

おかあさんは、ツンとした顔でそういっている。

おとうさんもおかあさんも、ちょっぴり子どもっぽいなと、菜々実は心の中でくすっと笑っている。

菜々実はおかあさんのスーツの胸元《むなもと》を見た。

ブラウスの襟元《えりもと》で、シルバーのオープンハートが、太陽の光にきらりと輝《かがや》いた。

空を見上げると、あたたかな春の日差しが、桜《さくら》の枝《えだ》の向こうでゆれている。

菜々実はひとつ深呼吸《しんこきゅう》をした。

「今日からわたしも、新しい未来に進むんだ」

美咲とならんで、菜々実は松涛学園の正門をくぐった。

作者●**高森千穂**（たかもりちほ）
システムエンジニアとして勤務し作品を書いている。『レールの向こうへ』（アリス館）で小川未明文学賞優秀賞。『風を追いかけて 海へ！』(国土社)で青少年読書感文全国コンクール課題図書。そのほか『四国へGO！ サンライズエクスプレス』（国土社）『ふたりでひとり旅』（あかね書房）『トレイン探偵北斗』（ポプラ社）などがある。

画家●**丹地陽子**（たんじようこ）
東京芸術大学美術学部デザイン科卒。書籍の装画を中心に活動している。装画や挿絵作品に『津田梅子 日本の女性に教育で夢と希望を』（あかね書房）『つくしちゃんとおねえちゃん』（福音館書店）『かぐや姫のおとうと』（国土社）『びわ色のドッジボール』（文研出版）など多数。

雨上がりのスカイツリー

著者
高森千穂

装画・挿絵／丹地陽子
装丁／石山悠子

2025年1月30日初版1刷発行

発行所
株式会社 国土社
〒101-0062 東京都千代田区神田駿河台2-5
電話 03-6272-6125
FAX 03-6272-6126
http://www.kokudosha.co.jp

印刷 モリモト印刷株式会社
製本 株式会社難波製本

落丁本・乱丁本はいつでもおとりかえいたします。
NDC 913/143p/22cm ISBN978-4-337-33670-4 C8391